*A ENTRADA NA GUERRA*

Obras do autor publicadas pela Companhia das Letras

*Os amores difíceis*
*Assunto encerrado*
*O barão nas árvores*
*O caminho de San Giovanni*
*O castelo dos destinos cruzados*
*O cavaleiro inexistente*
*As cidades invisíveis*
*Coleção de areia*
*Contos fantásticos do século XIX* (org.)
*As cosmicômicas*
*O dia de um escrutinador*
*Eremita em Paris*
*A entrada na guerra*
*A especulação imobiliária*
*Fábulas italianas*
*Um general na biblioteca*
*Marcovaldo ou As estações na cidade*
*Mundo escrito e mundo não escrito — Artigos, conferências e entrevistas*
*Os nossos antepassados*
*Um otimista na América — 1959-1960*
*Palomar*
*Perde quem fica zangado primeiro* (infantil)
*Por que ler os clássicos*
*Se um viajante numa noite de inverno*
*Seis propostas para o próximo milênio — Lições americanas*
*Sob o sol-jaguar*
*Todas as cosmicômicas*
*A trilha dos ninhos de aranha*
*O visconde partido ao meio*

*ITALO CALVINO*

# A ENTRADA NA GUERRA

Tradução:
MAURÍCIO SANTANA DIAS

Companhia Das Letras

Copyright © 1954 by Espólio de Italo Calvino

Grafia atualizada segundo o Acordo Ortográfico da Língua Portuguesa de 1990, que entrou em vigor no Brasil em 2009.

Título original
*L'entrata in guerra*

Capa
*Raul Loureiro*

Preparação
*Guilherme Bonvicini*

Revisão
*Marina Nogueira*
*Marise Leal*

Dados Internacionais de Catalogação na Publicação (CIP)
(Câmara Brasileira do Livro, SP, Brasil)

Calvino, Italo, 1923-1985.
A entrada na guerra / Italo Calvino ; tradução Maurício Santana Dias. — 1ª ed. — São Paulo : Companhia das Letras, 2023.

Título original: L'entrata in guerra.
ISBN 978-65-5921-534-8

1. Contos italianos I. Título.

23-146362          CDD-853.1

Índice para catálogo sistemático:
1. Contos : Literatura italiana    853.1
Aline Graziele Benitez – Bibliotecária – CRB-1/3129

Todos os direitos desta edição reservados à
EDITORA SCHWARCZ S.A.
Rua Bandeira Paulista, 702, cj. 32
04532-002 — São Paulo — SP
Telefone: (11) 3707-3500
www.companhiadasletras.com.br
www.blogdacompanhia.com.br
facebook.com/companhiadasletras
instagram.com/companhiadasletras
twitter.com/cialetras

## SUMÁRIO

A entrada na guerra, 7
Os vanguardistas em Menton, 27
As noites da Unpa, 61

# *A ENTRADA NA GUERRA*

Dez de junho de 1940 foi um dia nublado. Eram tempos em que não tínhamos vontade de nada. Mesmo assim fomos à praia, de manhã, eu e um amigo meu que se chamava Jerry Ostero. Sabia-se que à tarde Mussolini faria um pronunciamento, mas não estava claro se entraríamos em guerra ou não. No balneário, quase todos os guarda-sóis estavam fechados; passeamos na orla trocando hipóteses e opiniões, com frases largadas à metade e longas pausas de silêncio. Saiu um pouco de sol e pegamos um catamarã a remo, nós dois e uma garota alourada, de pescoço comprido, que em teoria deveria flertar com Ostero, mas de fato não flertou. A garota tinha sentimentos fascistas e às vezes reagia às nossas discussões com uma altivez preguiçosa, levemente escandalizada, como se fossem opiniões que nem sequer merecessem ser contestadas. Mas naquele dia ela parecia insegura e indefesa: estava às vésperas de partir, e não gostava disso. O pai, homem emotivo, queria afastar a família do front antes que a guerra eclodisse, e desde setembro já havia alugado uma casa numa cidadezinha da Emília-Romanha. Naquele dia, no catamarã, nós continuamos falando como seria bom se não entrássemos em guerra, de modo a seguirmos tranquilos com nossos banhos de mar. Ela também, pescoço inclinado e as mãos entre os joelhos, terminou admitindo: — Ah, sim... Ah, sim... seria muito bom... — e depois, para adiar aqueles pensamentos: — Bem, tomara que desta vez também seja um alarme falso...

Encontramos uma medusa que flutuava na superfície do mar; Ostero passou por cima dela com o catamarã de modo a fazê-la surgir aos pés da garota e assustá-la. Mas a manobra não deu certo, ela nem percebeu a medusa e disse: — Oh, o quê? Onde? — Ostero então mostrou como manejava as medusas com desenvoltura, arrastou-a para bordo com um remo e colocou-a de barriga para cima. A garota deu um gritinho, mas chocho; Ostero jogou o bicho na água de novo.

Na saída do balneário, Jerry me alcançou todo orgulhoso: — Dei um beijo nela — me disse. Tinha entrado em sua cabine e exigido um beijo de despedida; ela não queria, mas depois de uma breve luta ele conseguiu beijá-la na boca: — Agora o principal está feito — disse Ostero. Tinham combinado que se escreveriam durante o verão. Eu o felicitei. Ostero, um homem de fáceis alegrias, me deu umas batidas fortes e dolorosas nas costas.

Quando nos reencontramos por volta das seis, já estávamos em guerra. O céu continuava nublado; o mar, cinzento. Uma fila de soldados rumava para a estação. Da balaustrada do passeio, foram aplaudidos por alguns. Nenhum dos soldados ergueu a cabeça.

Encontrei Jerry com o irmão oficial, que estava de licença e à paisana, todo elegante em trajes de verão. Brincamos sobre a sorte que ele teve de sair de licença no dia da entrada na guerra. Filiberto Ostero, o irmão, era altíssimo, magro e levemente encurvado para a frente, como um bambu, com um sorriso sarcástico no rosto louro. Sentamo-nos na balaustrada, perto da estrada de ferro, e ele nos contou sobre o modo ilógico como eram construídas algumas de nossas fortificações na fronteira, sobre os erros dos comandos no deslocamento das artilharias. A noite se aproximava; a silhueta exígua do jovem oficial, curvo como um parêntese, com o cigarro queimando entre os dedos sem que ele nunca o levasse à boca, se destacava contra a teia dos fios ferroviários e contra o mar opaco. De vez em quando um trem com canhões e tropas manobrava e tornava a partir rumo à fronteira. Filiberto estava em dúvida entre renunciar à licença e voltar imediatamente à sua divisão — movido principalmente pela curiosidade de verificar certas previsões malignas de ordem tática — ou ir se encontrar com uma amiga em Merano. Discutiu com o irmão a respeito de quantas horas levaria para chegar de carro a Merano. Tinha certo temor de que a guerra terminasse antes, enquanto ele ainda estivesse de licença; seria algo espirituoso, mas nocivo para a carreira. Resolveu se mexer e ir jogar no cassino: a depender de como seriam os resultados, decidiria como agir. Na verdade, ele disse: a depender de quanto eu ganhar; de fato, sempre tinha muita sorte. E se afastou com o sorriso sarcástico nos lábios cerrados, o mesmo sorriso com que ainda hoje nos volta à memória a imagem dele, morto na Marmárica.

    No dia seguinte, pela manhã, soou o primeiro alarme aéreo. Um avião francês atravessou o céu, e todos o olharam com o nariz para cima. De noite, novo alarme; e uma bomba caiu, explodindo perto do cassino. Houve um corre-corre em torno das mesas de aposta, mulheres que desmaiavam. Tudo estava escuro porque a central elétrica cortara a energia de toda a cidade, e só continuavam acesas sobre as mesas verdes as lâmpadas do ambiente interno, debaixo das pesadas cúpulas que balançavam com o deslocamento de ar.

Não houve vítimas — soube-se no dia seguinte —, exceto um menino da cidade velha que, na escuridão, derrubara sobre si uma panela de água fervente e morreu. Mas a bomba tinha subitamente deixado a cidade desperta e excitada, e, como costuma acontecer, a excitação se dirigiu contra um alvo fantasioso: os espiões. Só se ouvia falar de janelas que se iluminavam e apagavam a intervalos regulares durante o alarme, ou de pessoas misteriosas que acendiam fogos na beira do mar, e até de sombras humanas que faziam sinais em pleno campo aos aeroplanos, agitando lanternas de bolso rumo às estrelas.

Fomos ver com Ostero os estragos da bomba: a quina de um prédio posta abaixo, uma bombinha, coisa de nada. As pessoas se aglomeravam ao redor e comentavam: tudo ainda estava no raio das coisas possíveis e previsíveis — uma casa bombardeada —, mas ainda não se estava dentro da guerra, ainda não se sabia o que ela era.

Quanto a mim, não conseguia tirar do pensamento a morte daquele menino queimado na água fervente. Tinha sido uma falta de sorte, apenas isso, um menino que esbarrara no escuro contra a panela, a poucos passos da mãe. Mas a guerra dava uma direção, um sentido geral à irrevocabilidade idiota da desgraça fortuita, só indiretamente imputável à mão que havia baixado a alavanca da força na central, ao piloto que zumbia invisível no céu, ao oficial que lhe assinalara a rota, a Mussolini que decidira a guerra…

A cidade era continuamente atravessada por veículos

militares que iam para o front, e por carros de civis que debandavam com suas tralhas amarradas no teto. Em casa encontrei meus pais incomodados com a ordem de evacuação imediata para os povoados dos vales aos pés dos Alpes. Minha mãe, que naqueles dias sempre comparava a nova guerra à anterior para indicar que, nesta, não havia nada da trepidação familiar, da perturbação dos afetos da outra, e que aquelas mesmas palavras, "front", "trincheira", soavam irreconhecíveis e estranhas, agora recordava o êxodo dos refugiados vênetos de 1917, e o clima diferente daquela época, e como a "evacuação" de hoje lhe soava injustificada, imposta por uma ordem fria de gabinete.

Meu pai, que só dizia coisas fora de lugar sobre a guerra porque, tendo vivido na América durante o primeiro quarto de século, permanecera um homem deslocado na Europa e estranho aos tempos, agora também via agitar-se o cenário imutável das montanhas que lhe eram familiares desde a infância, o teatro de suas gestas de velho caçador. Queria saber quais eram, entre os atingidos pela ordem, os companheiros de caça com quem poderia contar em cada povoado perdido, quais os pobres lavradores que lhe solicitavam perícias para recorrer contra o fisco, e quais os querelantes avaros que recorriam a ele para dirimir seus litígios, caminhando horas e horas a fio para definir os direitos de irrigação de uma magra faixa de terra. Agora já podia ver as faixas abandonadas retornando à aridez, os muros sem reboco desmoronando e, fugindo assustadas dos bosques pelos tiros de canhão, as últimas famílias de javalis que a cada outono ele perseguia com seus cães.

Para os evacuados — diziam os jornais — o Partido Fascista e as Obras assistenciais tinham providenciado alojamentos em lugarejos da Toscana, bem como serviços de transporte e provisões, de modo que não lhes faltasse nada. Nos prédios da escola fundamental de nossa cidade foi instalado um posto de abrigo e de triagem. Todos os inscritos na GIL* foram convocados a prestar serviço, de uniforme. A maior parte dos colegas de escola estava fora, e era até possível fingir que não tínhamos recebido a chamada. Ostero me convidou a acompanhá-lo para testar um carro novo que seus pais queriam comprar, depois que o deles foi requisitado pelo exército. Respondi: — E o alistamento?

— Bem, estamos em férias; não podem mais nos dar suspensão no colégio.

— Mas é pelos refugiados...

— E o que é que a gente pode fazer? Cuidem disso os que sempre gritavam: "guerra, guerra!".

No entanto, o caso dos "refugiados" exercia um forte apelo sobre mim, sem que eu soubesse explicar bem por quê. Talvez tivesse a ver com o moralismo de meus pais, o moralismo cívico da guerra de 1915 — ao mesmo tempo intervencionista e pacifista — de minha mãe, e o étnico e local de meu pai, sua paixão por aqueles vilarejos abandonados e oprimidos; e, assim como já me ocorrera com o menino da água fervente, agora eu reconhecia na imagem dessa multidão perdida que a palavra "refugiados" me suscitava um acontecimento autêntico e antigo, no qual em alguma medida eu estava implicado. O fato é que minha fantasia se enredava mais nisso que nos tanques, nos blindados, nos aviões, nas ilustrações da *Signal*,** nessa outra

(\*) Gioventù Italiana del Littorio, movimento da juventude fascista criado em 1937. (N. T.)
(\*\*) Revista de propaganda nazista publicada na Alemanha entre 1940 e 1945. (N. T.)

face da guerra que atraía a atenção geral das pessoas, e também a ironia ácida de meu amigo Ostero.

Nas escadarias da escola, um velho ônibus descarregava uma leva de refugiados. Eu vinha em uniforme de vanguardista.\* Ao primeiro olhar, aquela gente apinhada, de aspecto maltrapilho e hospitalar, me deu tal ânsia que era como se eu chegasse às linhas de combate. Então notei que as mulheres, todas de lenço preto na cabeça, eram as mesmas que eu sempre vira colhendo azeitonas, pastoreando cabras, e que os homens eram os mesmos, aqueles tipos fechados dos nossos lavradores, e me senti num ambiente mais familiar, mas que se tornara estranho, destacado; porque eles, essa gente, aos meus olhos, já eram motivo de sofrimento, de um remorso — para mim, diferente de meu pai — quando os via, sei lá, colocando os arreios nas mulas, abrindo com a enxada os sulcos para irrigar as vinhas, sem nunca poder criar uma relação com eles, nunca pensar em poder socorrê-los. E assim continuavam sendo para mim, apenas mais ansiosos, gente absorta em um esforço preocupado, a descer — pais e mães — as crianças do ônibus tentando manter com os velhos na escadaria as famílias unidas e separadas; e o que eu podia fazer por eles? Era inútil pensar em ajudá-los.

Subi a escadaria e tive de ir devagar, porque à minha frente carregavam uma velha de saia e xale pretos, degrau a degrau, com os braços abertos e as mãos secas cobertas de inchaços escuros, parecendo galhos enfermos. As crian-

---

(\*) Durante o regime de Mussolini, os alunos das escolas tinham de participar das organizações de jovens fascistas. Estudantes do sexo masculino em idade pré-militar, de catorze a dezoito anos, foram matriculados nos Vanguardistas. Alunos mais novos, de oito a treze anos, integravam os Balilas, uma espécie de movimento escoteiro fascista. (N. T.)

ças, levadas nos braços em trouxas de tons encardidos, espichavam as cabeças redondas feito abóboras. Uma mulher que tinha sofrido na viagem vomitava segurando a própria testa; os parentes imóveis faziam um círculo à sua volta, enquanto a observavam. Eu não amava toda aquela gente.

Os corredores da escola tinham se transformado em acampamentos ou enfermarias. As famílias recém-chegadas se punham rentes às paredes, sentadas nos bancos com as trouxas, as crianças, os doentes nas macas, enquanto os chefes de cada grupo contavam os seus sem nunca chegar a um resultado. Espalhados e dispersos nessas passagens barulhentas se viam balilas, soldados e funcionários em saariana ou à paisana, mas as únicas que comandavam — logo se via — eram cinco ou seis madres superioras, todas enérgicas e imperiosas feito sargentos, que conduziam aquela turba incerta de refugiados, coordenadores e socorristas como numa praça de armas, perseguindo algum plano que somente elas conheciam. Parecia que a ordem para a mobilização dos vanguardistas não surtira grande efeito, nem sequer entre aqueles tipos sempre prontos a engrossar fileiras. Vi alguns graduados que estavam por sua própria conta, fumando. Dois vanguardistas trocavam socos e por pouco não acertaram uma refugiada. Ninguém dava a impressão de ter algo a fazer. Eu tinha acabado de percorrer o corredor e chegado a uma porta que ficava na parte oposta. Agora já sabia tudo e podia voltar para casa.

Daquele lado a escadaria estava deserta. Havia apenas, apoiada no muro, em um patamar na metade da escada, uma cesta: e dentro da cesta havia um velho. A cesta era dessas grandes e baixas, de vime, com duas alças, para ser carregada por dois; estava encostada no muro quase verticalmente; o velho estava agachado na borda que tocava o chão, com o fundo servindo de espaldar. Era um pequeno velho entrevado; um paralítico, pelo modo disforme como mantinha as pernas dobradas; mas o tremor que o agitava não o deixava imóvel um instante, fazendo a cesta ondular contra o muro. Desdentado, balbuciava de boca aberta, com o olhar fixo diante de si, mas não átono, ao contrário, cheio de uma tensão feroz e vigilante; um olhar de coruja, sob a asa de uma boina calcada na testa.

Comecei a descer a escada e passei na frente dele, atravessando o raio daqueles olhos arregalados. As mãos não deviam ser paralíticas: grandes e ainda cheias de força, se agarravam à empunhadura de um bastão curto e nodoso.

Estava prestes a ultrapassá-lo quando seu tremor ficou mais forte, e o balbucio, mais aflitivo; as mãos cerradas na empunhadura subiam e desciam, golpeando a ponta do bastão no piso. Parei. O velho, exausto, batia o bastão cada vez mais devagar, e da boca lhe saía somente um sopro lento. Eu já ia me afastando. Ele estremeceu como se soluçasse, percutiu o terreno, tornou a murmurar; e se agitava tanto, que a cesta rebatia contra o muro e perdia o equilíbrio. Estavam para rolar escada abaixo, ele e a cesta, se eu não a segurasse rápido. Não era fácil colocar a cesta numa posição segura, com sua forma oval e o peso morto dele ali dentro, tremendo sem conseguir deslocar-se um milímetro; e eu precisava estar sempre pronto a sustentá-la com a mão, caso escorregasse de novo. Estava imobilizado que nem o paralítico, no meio daquela escadaria deserta.

Finalmente a escada se encheu de movimento. Dois da Cruz Vermelha subiram por ela, esbaforidos, e me disseram: — Vamos lá, segure aqui também! Pegou? Vamos, para cima! — e todos juntos erguemos o cesto com o velho e o transportamos às pressas pela escadaria até o interior da escola, num só arranque, como se não tivéssemos feito nada além disso na última hora e essa fosse a etapa final, e somente eu acusasse o cansaço e a preguiça.

Quando entramos no corredor lotado, os perdi de vista. Ao me ver olhando ao redor, um sargento que passava apressado me falou: — Ah, você, isso são horas de se apresentar à chamada? Venha cá, que precisamos de você! — e, dirigindo-se a um senhor à paisana: — É o senhor, major, que está sem um de seus homens? Deixo este aqui de reforço com o senhor.

Entre duas fileiras de catres onde mulheres pobres tiravam os pesados calçados ou amamentavam bebês, havia um senhor rechonchudo e rosado, de monóculo, os cabelos repartidos com exatidão, de um louro que parecia tintura ou peruca, e calças brancas, os sapatos com guarnições brancas e biqueira amarela perfurada; na manga da jaqueta de alpaca preta trazia uma faixa azul com a sigla da Unuci.* Era o major Criscuolo, sulista, aposentado, conhecido nosso.

— Eu realmente — disse o major — não preciso de ninguém. Aqui já estamos muito bem organizados. Ah, é você — falou ao me reconhecer —, como vai sua mãe? E o professor? Bem, fique por aqui, já vamos ver.

Permaneci ao lado dele, que fumava numa boquilha de cerejeira. Perguntou se eu queria um cigarro, respondi que não.

— Aqui — disse, dando de ombros — não há nada a fazer.

---

(*) União Nacional dos Oficiais Aposentados da Itália. (N. T.)

Em torno, os refugiados estavam transformando os locais da escola num labirinto de ruelas de um vilarejo miserável, desdobrando lençóis e amarrando-os em cordas para se despir, pregando tachas nos sapatos, lavando meias e pendurando-as para secar, tirando dos farnéis flores de abobrinha empanadas e tomates recheados, procurando, contando, perdendo e reencontrando suas coisas.

Mas o dado característico dessa humanidade, o tema descontínuo mas sempre recorrente e que logo chamava a atenção — assim como, ao entrar numa sala de recepção, o olho vê apenas os seios e os ombros das senhoras mais decotadas — era a presença entre eles dos estropiados, dos retardados com bócios, das mulheres barbadas, das anãs, eram os lábios e narizes deformados pelo lúpus, era o olhar inerme dos doentes de *delirium tremens*: era essa face obscura dos vilarejo de montanha agora obrigada a se mostrar, a desfilar em parada, o antigo segredo das famílias camponesas ao redor das quais as casas dos povoados se estreitam umas às outras como as escamas de uma pinha. Agora, desentocados de seu breu, tentavam na brancura burocrática daquele edifício reencontrar um refúgio, um equilíbrio.

Numa sala, os velhos estavam todos sentados nos bancos; agora um padre também tinha aparecido, e em torno dele já se formava um grupinho de mulheres; ele as encorajava com brincadeiras, e em seus rostos até se abria um sorriso trêmulo, de lebre. Porém, quanto mais essa aparência de ar interiorano se espraiava naquele acampamento, mais eles se sentiam mutilados e dispersos.

— Não há o que falar — dizia o major Criscuolo, passeando para cima e para baixo com um movimento largo das pernas que não desfazia o vinco de suas calças brancas —, a organização é boa. Cada qual ocupa seu lugar, tudo foi preordenado, agora vão dar a sopa a todos, uma sopa saborosa, eu a experimentei, os locais são amplos, bem arejados, há muitos meios de transporte, outros estão por vir, mas claro, agora alguns irão para a Toscana, bem alojados, bem nutridos, a guerra não dura muito, assim conhecem um pouco outros lugares, belas cidadezinhas na Toscana, e depois voltam para casa.

A distribuição da sopa era uma atividade para a qual convergia toda a vida do acampamento. O ar se amaciava de vapores, tilintando de talheres. Imponentes e vigorosas, as supremas legisladoras da comunidade, as senhoras da Cruz Vermelha, governavam um caldeirão fumegante de alumínio.

— Pode levar uns pratos de sopa — me sugeriu o major —, só para mostrar que está fazendo alguma coisa...

A enfermeira que manejava a concha encheu um prato para mim. — Siga à direita, até onde ainda não receberam, e dê ao primeiro.

Assim, cheio de ceticismo, me dediquei a transportar a sopa. Nas duas fileiras de gente entre as quais eu avançava, preocupado em não derramar o caldo e queimar meus dedos, tinha a impressão de que aquele pouco de esperança que eu podia suscitar com meu prato se perdesse imediatamente na amargura e desaprovação geral pelo próprio Estado, do qual em certa medida eu representava a parte responsável. Amargura e desaprovação que o conforto de uma porção de caldo quente com certeza não servia a dissipar, ao contrário — revolvendo um fundo de desejos elementares —, somente exacerbava.

Também revi o velho na cesta, apoiado num muro em meio a outras bagagens, encolhido sobre seu bastão, com as pupilas de coruja fixadas à frente. Passei por ele sem o olhar, quase temendo recair sob seu domínio. Não pensava que pudesse me reconhecer no meio daquela confusão; no entanto, ouvi o bastão bater no piso, e ele se agitar.

Não achando outro meio de festejar nosso novo encontro, dei-lhe o prato de sopa que eu levava, embora destinado a outra pessoa.

Assim que pôs a mão na colher, veio de lá um grupo de senhoras das Obras de Assistência Social, todas com a boina militar posta de banda sobre os cachos, os uniformes pretos esticados com certo brio pelos seios volumosos: uma gorda de óculos e outras três magras, maquiadas. Ao verem o velho, fizeram: — Ah, aqui está a sopa para o vovô! Oh, que bela sopa. E está boa mesmo, hein, está boa?

— Traziam nas mãos umas camisetas de criança que iam distribuindo aqui e ali, esticando-as na frente como se quisessem medi-las no velho. Atrás delas algumas refugiadas, talvez noras ou filhas do velho, se espicharam e olharam desconfiadas para ele que comia, para elas e para mim.

— Vanguardista! Mas o que é isso? Segure direito esse prato! — exclamou a matrona de óculos. — Está dormindo? — Na verdade, eu estava meio distraído.

Inesperadamente, uma daquelas noras ou sobrinhas intercedeu em minha defesa: — Não precisa, ele sabe comer sozinho, pode deixar o prato, ele tem mãos fortes, não carece de ajuda!

As senhoras fascistas se interessaram: — Ah, ele come sozinho! Ah, muito bem, vovô, e como segura firme! Pronto, assim, ótimo!

Eu não me fiava muito em soltar o prato completamente em suas mãos, mas ele — fosse pela presença daquelas damas, fosse porque a sopa lhe despertasse a saudade de um bem perdido — se irritou e me puxou o prato das mãos, evitando que eu o tocasse. E agora estávamos todos ali, eu, as madames e as noras, de mãos estendidas — as madames com suas camisetas e pijaminhas — em torno do prato que ele segurava todo trêmulo, sem permitir que o pegassem, enquanto comia e lançava sílabas raivosas, deixando cair sopa sobre si. Então as estúpidas disseram: — Oh, agora o vovô vai nos dar o prato, ele consegue segurá-lo muito bem sozinho (cuidado!), mas agora vai nos deixar ajudá-lo um pouco com o prato. Cuidado! Vai cair, passe-o para nós, mas que diacho!

Todos aqueles cuidados só faziam aumentar a ira do velho, até que prato, colher e sopa caíram de suas mãos, sujando-lhe a roupa e tudo ao redor. Era necessário limpá-lo. Havia um monte de gente tentando ajudar, e todos me davam ordens. E era preciso levá-lo ao banheiro. Eu estava ali. Devia escapar? Ajudei. Quando o recolocamos na cesta, surgiram algumas dúvidas: — Ele não está mais mexendo um braço, não está mais abrindo um olho! O que ele tem, o que ele tem? Temos de chamar um médico...

— Um médico? Vou buscar um! — fiz eu, e fui embora correndo. Passei pelo major. Ele estava fumando numa sacada e olhando um pavão no jardim.

— Sr. Criscuolo, há um velho que está mal, vou procurar um médico.

— Sim, ótimo, assim você sai um pouco. Olhe, se quiser, pode voltar daqui a meia hora, quarenta e cinco minutos, pode ir, aqui está tudo bem...

Corri atrás de um médico e o mandei para a escola. Do lado de fora fazia uma daquelas tardezinhas de verão, quando o sol já perdeu a força, mas a areia ainda está pelando, e faz mais calor na água que ao ar livre. Pensei em nosso distanciamento em relação aos fatos da guerra, uma atitude que eu e Ostero conseguíramos levar a uma extrema sofisticação de estilo, até transformá-la numa segunda natureza, numa couraça. Agora a guerra se revelava a mim no ato de conduzir paralíticos a um banheiro; eis a que ponto eu avançara, eis quantas coisas mais aconteciam sobre a terra, Ostero, do que supunha nossa serena anglofilia. Fui para casa, tirei o uniforme, vesti minhas roupas civis e voltei para os refugiados.

Lá me senti imediatamente à vontade, leve e ágil. Estava cheio de vontade de agir, tinha a impressão de que poderia ser útil de fato, ou pelo menos ser ouvido, de estar com os outros. Claro, minha intenção de sumir dali tinha sido real, de ir à praia, deitar despido na areia, pensando em tudo o que estava acontecendo no mundo naquele momento, enquanto eu estava ali, tranquilo e ocioso. Assim eu estivera como que pendulando entre cinismo e moralismo, como frequentemente me ocorria, em um falso dissídio, e acabei cedendo a vitória ao moralismo, não sem renunciar ao gosto de uma postura cínica. Desejava apenas encontrar Ostero e lhe dizer: "Sabe, estou indo levar um pouco de alegria a uns paralíticos, a umas crianças perebentas, não quer vir comigo?".

Fui logo me apresentar ao major Criscuolo. — Ah, muito bem, você voltou, foi rápido! — disse. — Por aqui, sem novidades.

Chamou-me de volta quando eu já me afastava: — Mas me diga uma coisa: antes você não estava vestindo uniforme?

— Ficou sujo de sopa, com aquele velho... Precisei me trocar...

— Ah, muito bem.

Agora eu estava pronto para carregar pratos, colchões, acompanhar pessoas ao banheiro. Entretanto topei com um sargento, o mesmo que me confiara a Criscuolo: — Ei, você aí, sem uniforme — me chamou; por sorte se esquecera de que antes eu o vestia —, pode ir saindo daqui: o inspetor da federação está chegando, e queremos que ele só veja gente nos conformes.

Eu não sabia como sair dali, circulava em meio aos refugiados, e, entre o temor e o incômodo de me reencontrar diante do paralítico, e o pensamento de que ele era o único dentre todos com quem eu estabelecera alguma relação, ainda que rudimentar, meus passos terminaram me levando de volta aonde eu o havia deixado. Não estava mais lá. Depois vi uma roda de gente que olhava para baixo, em silêncio. A cesta agora estava pousada no chão; o velho não estava mais encolhido, mas estirado. As mulheres se persignavam. Tinha morrido.

Imediatamente surgiu a questão: para onde levá-lo? O inspetor estava prestes a chegar, e tudo devia estar em ordem. Abriram uma sala de geometria e permitiram que se instalasse ali dentro a câmara-ardente. Os parentes levantaram o cesto e percorreram o corredor. Filhas, sobrinhos e noras vinham atrás, algumas chorando. O último era eu.

Quando íamos entrando na sala, topamos com um grupo de jovens oficiais do Partido Fascista. Inclinaram as cabeças com seus altos barretes de águias douradas e olharam o cesto. — Oh — fizeram. O inspetor federal veio dar os pêsames aos parentes. Apertou a mão de todos, um a um, balançando a cabeça, até que chegou minha vez. Estendeu-me a mão e falou: — Meus pêsames sinceros, meus pêsames.

Voltei de noite para casa e tive a impressão de que tinham se passado dias e dias. Bastava fechar os olhos para rever as filas de refugiados com as mãos rugosas em torno dos pratos de sopa. A guerra tinha aquela cor e aquele cheiro, era um continente cinzento e formigante no qual agora já havíamos entrado, uma espécie de China desolada, infinita como um mar. Voltar para casa agora era como a licença para um militar, que sabe que tudo o que reencontra é só por pouco tempo: uma ilusão. Era uma noite clara, o céu estava avermelhado, eu subia uma rua entre casas e pergolados. Carros militares passavam em direção ao monte, rumo às linhas fortificadas na fronteira.

De repente houve uma grande movimentação, uma correria nas calçadas, um atropelo de velhas barracas em frente às quitandas de frutas e barbearias, e a gente falava:
— Sim, sim, é ele, olhe ali, é o *duce*, é o *duce*.

Dentro de um conversível, ao lado de alguns generais, vestindo o uniforme de marechal do exército, lá estava ele, Mussolini. Ia inspecionar o front. Olhava ao redor e, como as pessoas o fixassem atônitas, ergueu a mão, sorriu e fez sinal de que podiam aplaudi-lo. Mas o carro passou correndo e logo desapareceu.

Eu o vi de relance. Fiquei surpreso com sua juventude: um rapaz, parecia um rapaz, saudável feito um cavalo, com aquele cangote raspado, a pele lisa e bronzeada, o olhar cintilante de alegria ansiosa: lá estava a guerra, a guerra movida por ele, e ele estava num automóvel com generais; tinha um uniforme novo, passava dias mais atarefados e ativos, atravessava cidades correndo, era reconhecido pelo povo naquelas tardes de verão. E, como numa brincadeira, buscava apenas a cumplicidade dos outros, uma ninharia, tanto que quase vinha a tentação de assentir para não estragar sua festa, tanto que quase se sentia uma ponta de remorso ao saber-se mais adulto do que ele, ao não entrar na brincadeira.

# *OS VANGUARDISTAS EM MENTON*

Era setembro de 1940 e eu tinha quase dezessete anos. Depois do jantar, não via a hora de sair para passear, embora quase não fizesse outra coisa durante o dia. Talvez bem naquela época eu estivesse começando a tomar gosto pela vida, mesmo sem me dar conta, porque estava na idade em que se tem a certeza de que sempre se possuiu cada coisa nova que se conquista. Minha cidade, interrompido o turismo por causa da guerra, tinha como se recolhido em sua casca provinciana; e eu a sentia mais familiar e mensurável. As noites eram lindas, os apagões pareciam uma moda excitante, a guerra, um fato longínquo e habitual; em junho sentimos que ela estava por perto, mas só por um breve lapso de dias espantosos; depois parecia que tudo tivesse acabado; depois paramos de esperar. Eu era jovem o bastante para viver alheio ao alarme de ser convocado para lutar; e, por temperamento e opiniões, me sentia estranho àquela guerra. No entanto, toda vez que me deixava levar pelas fantasias sobre meu futuro, não podia dar a elas outro cenário senão a guerra: então era uma guerra sem medo e sem mácula, em que eu me via metido não sei como, alegremente livre e diferente. Assim experimentava tanto o pessimismo quanto a exaltação dos tempos, e vivia de modo confuso, e saía a passeio. Desci para a praça e, perto da Casa do Fascismo, encontrei alguns professores em busca de vanguardistas que pudessem ser alistados, que tivessem o uniforme em ordem e estivessem ali no dia seguinte, de manhã cedo. Preparava-se uma excursão até Menton: estava para chegar uma legião de jovens falangistas da Espanha, e a GIL de nossa cidade recebera a ordem de recepcioná-los com uma guarda de honra na estação de Menton, que poucos meses antes se tornara a estação italiana de fronteira.

Menton tinha sido anexada à Itália, mas ainda estava interditada aos civis, e essa era a primeira ocasião de visitá-la que me surgia. Então inscrevi meu nome na lista, e pus também o de Biancone, meu colega de escola, e tratei de avisá-lo.

Biancone e eu concordávamos em muitas coisas, apesar de sermos tipos diferentes: gostávamos de estar sempre presentes onde aconteciam as novidades, e de comentá-las com distanciamento crítico. Mas Biancone tinha mais forte que eu o gosto de imiscuir-se nos assuntos do fascismo e de às vezes imitar suas atitudes com mimetismo caricatural. Como amava a vida agitada, no ano anterior estivera num acampamento de vanguardistas em Roma e voltara com distintivos de líder de esquadra; coisa que eu jamais faria, seja por inata incompatibilidade com modos militarescos, seja por aversão à cidade de Roma, na qual jurava que nunca poria os pés na vida.

A excursão para Menton era um caso bem diferente: eu estava curioso por rever aquela cidadezinha, próxima e parecida com a minha, que se tornara território de conquista, devastada e deserta; aliás, a única conquista simbólica de nossa guerra de junho. Recentemente tínhamos visto no cinema um documentário que apresentava a batalha de nossas tropas nas ruas de Menton; mas sabíamos que era tudo fingimento, que Menton não havia sido conquistada por ninguém, tendo apenas sido evacuada pelo exército francês no momento da queda e depois ocupada e saqueada pelos nossos.

Para essa empreitada, o companheiro ideal era Biancone: por um lado, ao contrário de mim, ele era ligado ao ambiente da GIL; por outro, o convívio na escola nos aproximara nos gostos, no palavreado, na curiosidade depreciativa pelos acontecimentos, e, quando estávamos juntos, até as circunstâncias mais tediosas se transformavam num contínuo exercício de observações e humorismo. Eu só iria a Menton se ele também fosse; por isso comecei logo a procurá-lo.

Nos habituais salões de bilhar ele não estava; para ir até a casa dele era preciso subir pela cidade velha. Sob as negras arcadas, as lâmpadas manchadas de azul emitiam uma luz falsa, que não alcançava as extremidades das vielas e das rampas pedregosas, refletindo-se somente nas listras de tinta branca que assinalavam os degraus; e eu intuía estar passando ao lado de pessoas sentadas no escuro, do lado de fora das portas, nas soleiras ou montadas em cadeiras de palha. A sombra era como aveludada por essas presenças humanas, que se manifestavam em conversas, chamados repentinos e risos, sempre num tom farfalhante de intimidade; e às vezes no alvor de um braço de mulher, ou de uma roupa.

Por fim, da escuridão de uma abóbada desemboquei no céu aberto, que só então pude ver sem estrelas, mas claro entre as folhas de uma enorme alfarrobeira. Ali a cidade terminava num punhado de casas e começava a disseminar-se pelos campos, alongando seus ramos desordenados pelos vales acima. Além dos muros de uma horta, as sombras brancas das casas no lado oposto da encosta só deixavam entrever finas nesgas de luz em volta dos caixilhos das janelas. Uma estrada ladeada por uma rede metálica descia a meio morro rumo à torrente, e lá, numa casinha com um terraço pergolado, morava Biancone. Aproximei-me no ar quieto, entre o sussurro dos juncos, e assoviei em direção à casa.

Encontramo-nos na rua, e Biancone ficou um tanto espantado com minha iniciativa, porque naquele verão vínhamos engenhosamente evitando a GIL e suas insistentes tentativas de nos alistar na "marcha da juventude", a qual parecia concentrar toda a arrogância rançosa daquela instituição barulhenta. Mas agora a apreensão cessara porque a "marcha da juventude" já estava em curso, e aqueles vanguardistas espanhóis estavam chegando justamente para o desfile de encerramento diante de Mussolini, que aconteceria numa cidade do Vêneto.

Biancone concordou imediatamente com meu plano, e nos esbaldamos em previsões sobre o dia seguinte e o destino de nossas conquistas e a guerra. Dela só conhecíamos aquele pouco que coubera ao nosso perímetro, nos dias em que ele serviu de retaguarda ao front; e já isso bastara para nos dar a sensação dos países invadidos por exércitos inimigos. Em junho viera a ordem de evacuação imediata das localidades do interior; pelas ruas de nossa cidade vimos passar fileiras de refugiados, arrastando carrinhos abarrotados de suas misérias: colchões tronchos, sacos de farelo, uma cabra, uma galinha. O êxodo não durou muito, mas foi o suficiente para que encontrassem suas terras devastadas no retorno. Meu pai tinha começado a circular nas zonas rurais a fim de periciar os estragos da guerra: voltava para casa cansado e abatido com os novos danos que ia medindo e avaliando, mas que em seu íntimo, em sua parcimoniosa índole agrícola, se mostravam inestimáveis e insensatos, como mutilações feitas num corpo humano. Eram parreiras desenraizadas para fornecer material a um alojamento, oliveiras saudáveis derrubadas para servir de lenha, pomares de cítricos cujas folhas e cascas tinham sido destruídas pelas mulas amarradas em seus troncos; mas era também — e aqui a ofensa parecia voltada contra a própria natureza humana, não mais fruto de uma despudorada ignorância, mas o alerta de uma ferocidade latente e dolorosa — o vandalismo nas casas: cozinhas arrebentadas até o último caco de xícara, quadros de família destruídos, camas reduzidas a destroços ou — tomados quem sabe por que nefanda maldade — as próprias fezes espalhadas em pratos e panelas. Ao ouvir esses relatos, minha mãe se dizia já incapaz de reconhecer a feição familiar de nosso povo, e não sabíamos extrair disso outra moral senão esta: ao soldado que conquista, toda terra é inimiga, até a própria.

Às vezes, algumas dessas notícias me afundavam em cóleras solitárias, em tortuosas ânsias sem saída. Para me curar, eu recorria ao cinismo com a ductilidade de inclinação dos jovens: saía, me encontrava com os amigos mais chegados, me mostrava tranquilo, límpido, sarcástico: — Ei, souberam da última? —, e as coisas que em segredo me pareciam tormentosas se tornavam falas de um diálogo, bravatas paradoxais, ditas com piscadelas e risadas curtas, quase com admiração satisfeita.

Assim, ia conversando tranquilamente com Biancone

pela estrada escura de sua casa, baixando de vez em quando a voz até quase não nos ouvirmos mais ou, ao contrário, falando bem alto as coisas menos lícitas, como sempre acontecia. Eu não sabia se, para Biancone, o fascismo também era um sofrimento ou se era uma divertida ocasião para participar de duas naturezas, de dois privilégios de seu espírito: a facilidade de assimilar o estilo fascista e a agudeza crítica em que nossa precoce vocação de opositores amadurecia. Biancone era mais baixo que eu, mas mais robusto e musculoso, com um rosto de traços quadrados e altivos, especialmente na mandíbula, nos zigomas e no corte nítido da testa; esses traços contrastavam com a palidez que o distinguia da juventude daqui, sobretudo no verão. Porque no verão Biancone dormia de dia e saía à noite: não gostava da praia nem da vida ao ar livre, e seus esportes preferidos eram a luta e a ginástica na academia. Seu rosto era marcado e envelhecido, e eu interpretava aquilo como sinais de suas intensas perambulações noturnas, das quais tinha grande inveja. Mas aquele rosto tinha uma estranha habilidade em assumir expressões mussolinianas: torcendo a boca, levantando o queixo, erguendo o pescoço compacto com a nuca reta e se empertigando em poses militares quando menos se esperava — com esses rompantes e com respostas lapidares, ele frequentemente confundia os professores e se safava de enrascadas. Sua característica mais vistosa era o modo como penteava os cabelos pretos e lisos num estranho formato de elmo ou proa de barco romano, dividido por uma linha precisa: era um penteado inventado por ele, do qual se orgulhava muito.

 Despedimo-nos e combinamos de nos encontrar na hora da convocação. Biancone foi dar corda no despertador. E eu pedi a meus pais que me acordassem. — O que você vai fazer? — perguntou meu pai, que não via qual o interesse em visitar uma cidade deserta.

Minha mãe e meu pai tinham um salvo-conduto e iam a Menton uma vez por semana; haviam sido incumbidos de cuidar de alguns jardins com plantas raras e exóticas, propriedade de súditos inimigos. Voltavam com vasos cheios de folhas doentes; suas visitas só podiam servir para constatar o avanço dos insetos, das ervas daninhas e da secura dos canteiros abandonados; seriam necessários jardineiros, obras de reparo, despesas, e eles estavam limitados a prestar socorro a algum exemplar raro, a combater um fungo, a poupar uma espécie da extinção. Perseveravam naquele gesto de piedade vegetal, num tempo em que os povos morriam ceifados feito mato.

De manhã saí bem cedo, o ar estava cinzento — pela hora, pensei, mas também pelas nuvens. Ao lado da Casa do Fascismo, os vanguardistas ainda eram poucos: rapazes que eu conhecia, mas com quem não tinha intimidade. Compravam filões de pão com presunto num bar que acabara de abrir e os mordiam, enquanto empurravam uns aos outros no meio da rua. Continuavam chegando pouco a pouco, sem pressa, e, ao verem que ainda havia tempo, tornavam a se afastar com algum amigo para comprar comida ou cigarros. Não havia nenhum amigo meu: a maioria era de rapazes que, sob a aparência de disciplina militar da GIL, se moviam com uma desenvoltura agressiva e malandra, ao passo que eu nunca era espontâneo e livre.

O horário da convocação já tinha passado fazia um tempo, os vanguardistas estavam reunidos na rua em grupinhos cerrados, e ainda não se via nem sinal de ônibus, nem de nossos comandantes, nem de Biancone. Eu estava acostumado aos atrasos de meu amigo, os quais ele misteriosamente sempre conseguia fazer coincidir com os atrasos dos superiores ou da organização dos eventos, talvez por sua natural capacidade de mimetizar os estratos dirigentes. Mas naquele momento temi que ele não viesse. Aproximei-me de alguns dos tipos mais sensatos e discretos, mas que eu também sabia que eram os mais apagados; entre eles um certo Orazi, que estudava para técnico na área da indústria e corria os calmos olhos azuis ao redor e me falava lentamente de suas montagens de rádios de ondas curtas. Orazi seria um ótimo parceiro de excursão, mas era totalmente alheio ao gosto da descoberta, da conversa espirituosa que a companhia de Biancone me reservava; eu sabia que, durante toda a viagem, ele não faria outra coisa senão repetir suas histórias sobre rádios, e as coisas que íamos ver e que lhe chamariam a atenção seriam curiosidades mecânicas, balísticas e de construção, sobre as quais ele me daria longas explicações. Sendo assim, a ida a Menton já não me atraía mais: eu ainda tinha aquela necessidade de amigos que é típica dos jovens, ou seja, a necessidade de dar um sentido a tudo o que se vive compartilhando-o com os outros; isto é, eu estava longe da autossuficiência viril, que se conquista com o amor e é feita ao mesmo tempo de gregarismo e de solidão.

De repente escutei atrás de mim a voz de Biancone, que já estava tirando sarro com os outros, integrado às brincadeiras da manhã como se sempre tivesse estado ali. Bastou Biancone chegar, e tudo tomou outro ritmo: os oficiais surgiram do nada, batendo as mãos: — "Vamos, vamos, depressa, vocês estão dormindo?" —, o ônibus apareceu, começamos a formar filas e a nos dividir em esquadras. Biancone era um dos líderes de esquadra e foi logo investido de suas missões. Me chamou com um piscar de olhos para sua esquadra e ameaçou todos nós, brincando, de darmos não sei quantas voltas por não sei que punição. A janela do arsenal se abriu, e rapidamente cada um de nós recebeu uma carabina e acessórios das mãos de um soldado sonolento e irascível. Subimos no ônibus e partimos.

Íamos pela riviera, e os oficiais nos incitaram a um canto que logo se perdeu pelo caminho. O céu estava sempre cinzento, e o mar era de um verde vítreo. Perto de Ventimiglia observamos com olhos curiosos casas e cisternas de concreto destruídas pelas explosões: as primeiras que víamos na vida. Da embocadura de um túnel despontava o famoso trem blindado, presente de Hitler a Mussolini: era mantido ali debaixo para se proteger dos bombardeios.

Aproximamo-nos da antiga fronteira em Ponte San Luigi e, para causar certa impressão, o comandante Bizantini, que nos guiava, destacou o fato de que os limites da Itália estavam se deslocando. Mas o discurso logo se exauriu num constrangimento porque, naquela primeira fase da guerra, a questão das nossas fronteiras ocidentais era um tema delicado e candente até mesmo para os mais fascistas. De fato, a entrada na guerra com a queda da França não nos levara até Nice, mas apenas àquela modesta cidadezinha fronteiriça de Menton; o resto viria mais adiante, se dizia, com o tratado de paz; mas agora a sugestão do ingresso triunfal e guerreiro se dissipara, e mesmo o coração dos menos desconfiados se angustiava temendo que aquele atraso decepcionante se prolongasse ao infinito; e assim se insinuava a consciência de que o destino da Itália não estava nas mãos de Mussolini, mas nas de seu onipotente aliado.

Chovia quando chegamos a Menton. O aguaceiro vinha abaixo denso e fino sobre o mar sem horizonte e sobre as casas fechadas com trancas. Ao fundo da chuva estava a cidade, postada em seus rochedos. No asfalto lustroso da pista corriam motos militares. Nos vidros estriados de água do ônibus brilhavam fragmentos de imagens, e atrás de cada um se abria para mim um mundo a ser descoberto. Nas alamedas arborizadas reconheci as brumosas cidades do Norte que eu nunca vira: Menton era Paris? Havia um letreiro desbotado, em estilo floral: a França era o passado? Não se via ninguém, exceto alguns sentinelas protegidos em suas guaritas e pedreiros encapuzados por sacos. E o cinza, os eucaliptos, os fios oblíquos dos telefones de campanha.

Descemos, continuava chovendo, parecia que tínhamos de nos perfilar imediatamente na estação, mas em vez disso subimos de novo no ônibus e fomos a outro lugar, que eu não sabia o que era: uma *villa* confiscada; depois seguimos um trecho a pé sob a chuva, até uma espécie de palacete vazio que podia ter sido uma escola ou uma caserna de gendarmes, e naquele abrigo deixamos as carabinas enfileiradas num muro.

Exalávamos um odor de pano úmido; eu estava até alegre com isso, porque meu uniforme sempre tivera um cheiro triste e empoeirado de depósito, que talvez dessa vez fosse embora. Não se sabia quando os espanhóis deveriam chegar, não havia um horário fixo para os trens que vinham da França, de vez em quando um chefe de grupo voltava gritando: — Sentido! Sentido, com as carabinas! —, e depois, novamente: — Descansar!; ora parecia que em toda Menton ninguém nunca ouvira falar de espanhóis, ora que eles estavam para chegar a qualquer momento; aliás, "às onze e dez" em ponto, como garantia um boato que continuou circulando até as onze e cinco e depois sumiu.

Comemos tudo o que tínhamos trazido de casa, em pé, sob o pequeno pórtico da casa-caserna, olhando a chuva no jardim vazio. Entre uma chamada e outra, alguns tinham achado um jeito de dar uma escapada e comprar cigarros, laranjadas. Parece que havia umas lojas abertas ali perto, um entreposto para os pedreiros.

Ao meio-dia o sol apareceu e estiou. Já não conseguiam nos manter reunidos lá dentro, e todos iam saindo aos poucos; então nos concederam meia hora de liberdade. Eu e Biancone saímos por conta própria, desdenhando os objetivos muito mesquinhos de quem só buscava uma tabacaria, um salão de bilhar, ou os demasiado improváveis de quem procurava mulheres. Caminhávamos devagar, olhando as inscrições francesas apagadas, os tímidos sinais de vida das poucas famílias repatriadas — de comerciantes, na maioria — e os vidros quebrados, o aspecto de convalescente engessado das casas atingidas. Seguimos o rumo das estradas secundárias, já quase no campo. Um pedreiro vêneto nos disse que a nova fronteira ficava a cinco minutos de distância, e nos apressamos até lá. Havia um pequeno vale com uma torrente, uma bandeira italiana e, no alto, a francesa. Um soldado italiano nos perguntou com rispidez o que queríamos ali; respondemos: — Olhar —, e olhamos, silenciosos. Lá estava a França, a nação derrotada, e aqui começava a Itália, que sempre vencera e venceria sempre.

No local da chamada, enquanto chegávamos atrasados, outros saíam, e havia boas notícias no ar. — Chegaram, chegaram! — Quem? Os espanhóis? — Não, o pessoal do rancho. Parece que havia chegado um furgão com o rancho para todos nós. Mas não se sabia onde ele estava: ali não havia nem oficiais, nem chamadas. Continuamos vagando pela cidade.

Numa praça terrosa e desmantelada, um monumento ficara de pé: uma senhora de saias longas se inclinava para uma menina que vinha em sua direção; ao lado de tudo isso havia um galo. Era o monumento ao plebiscito de 1860: a menina era Menton, e a senhora era a França. Assim nosso ceticismo triunfava sobre alvos fáceis: as águias romanas em nossos uniformes, e ali aquela vinheta de livro escolar; o mundo todo era idiota, e só nós dois, os espirituosos.

Eu não conseguia me lembrar dos passeios de infância até a França. Menton agora me dava a impressão de ser uma cidade triste e monótona. Nossa fileira percorria as alamedas; estávamos indo para o rancho; corria o boato de que os espanhóis só viriam no dia seguinte, de que seria preciso pernoitar ali. Agora eu tinha a impressão de já ter visto Menton inteira, e me sentia decepcionado. Estava cansado daquela companhia e da mistura de relaxamento e disciplina que nos mantinha juntos; e não via a hora de voltar. Passávamos por prédios art nouveau cinzentos e bloqueados. Faltavam aqueles detalhes mínimos, como as pinturas coloridas nos muros das lojas, ou as variadas carrocerias dos automóveis, que conferem o sentido de uma vida diferente da nossa, apesar de vizinha: o sentido da França viva. Esta era uma França morta, um sarcófago art nouveau que os vanguardistas atravessavam gritando o "Hino a Roma", onde as aparições de minaretes e cúpulas orientais de um hotel, ou as decorações pompeianas de uma *villa*, davam um ar de teatro apagado, de cenários disparatados e em desordem.

O rancho foi servido por volta das cinco. Também havia chegado um grupo de Jovens Fascistas marinheiros de ✳ ✳ ✳, um bando de varapaus que olhávamos como intrusos. Com eles viera o Federal,* e Bizantini apresentou a tropa. O Federal nos perguntou se o rancho tinha sido suficiente e anunciou que passaríamos a noite ali. Fui tomado de uma forte melancolia; entre alguns companheiros se ergueram vozes de entusiasmo.

Era um Federal jovem, toscano. Vestia um uniforme de gabardine cáqui, com calças de montaria e botas amarelas; e esse vestuário de aparência militar era, no corte, no tecido, na leveza, na arrogância ao envergá-lo, o que de mais estranho se pudesse pensar aos uniformes do exército. E eu, talvez pelo mau jeito em trajar a farda, por minha sujeição a ela, por meu já predestinado pertencimento à humanidade que suporta as fardas, e não à que faz delas um instrumento de autoridade ou de pompa, eu me sentia movido pelo moralismo, sempre um tanto invejoso, dos combatentes regulares contra os que se escondem e os valentões.

Certos vanguardistas de minha cidade, filhos de pequenos hierarcas ou de funcionários, eram velhos conhecidos do Federal, que brincava com eles; esse clima de camaradagem cúmplice me dava um leve mal-estar, eu preferia bem mais o tom monótono e obrigatório que me habituara a aceitar. Fui procurar Biancone nos arredores, para comentar os novos fatos, ou melhor, para recolher e sublinharmos juntos os detalhes que depois comentaríamos com mais vagar. Mas Biancone não estava lá, tinha sumido.

Reencontrei-o ao anoitecer, enquanto passeava numa beira-mar de baixas palmeiras espinhosas. Eu já estava triste. As lentas batidas do mar contra os escolhos se conjugavam ao silêncio natural do campo e fechavam num círculo

---

(*) No período fascista, secretário de uma federação de combatentes fascistas. (N. T.)

a cidade vazia, seu silêncio não natural, rompido de vez em quando por rumores isolados que ecoavam: um solfejo de trombone, um canto, o roncar de uma moto. Biancone veio até mim com grandes festejos, como se não nos víssemos há um ano, e me comunicou as notícias que havia recolhido: parece que uma bela garota tinha sido avistada numa mercearia — uma que estivera em um campo de concentração em Marselha —, e agora todos os vanguardistas iam lá e compravam ninharias só para vê-la; parece que em outra loja havia cigarros franceses a um preço irrisório; em certa rua havia um canhão francês destruído e abandonado.

Ele mostrava uma euforia expansiva demais para novidades tão insignificantes; e eu não lhe perdoara por ter ido embora sem mim. Continuando a conversa, ele mencionou os saques que aquelas casas deviam ter sofrido em junho e incidentalmente disse que sim, que havia casas arrombadas onde era possível entrar e ver tudo arrebentado e espalhado pelo chão. Mas em sua fala, que parecia ser genérica, de vez em quando despontavam detalhes bem precisos. — Mas você esteve lá? — perguntei. Sim, tinha estado, me disse; circulando com alguns companheiros, tinham entrado em umas duas casas e hotéis saqueados. — Pena que você não estava — falou. Agora aquela incursão dele sem mim me parecia uma traição imperdoável. Mas em vez de me mostrar ofendido, preferi propor vivamente: — Nós podemos voltar lá juntos... — Mas ele disse que já estava escuro, e não enxergaríamos nem onde pôr os pés na confusão daqueles lugares.

Quando nos reencontramos todos no dormitório que improvisaram para nós com colchões de palha estendidos no chão de um ginásio, as visitas às casas saqueadas eram o principal assunto das conversas. Cada um comunicava as coisas extraordinárias que tinha visto e citava nomes de locais que pareciam conhecidos a todos, como o "Bristol" ou a "casa verde". De início, aquelas explorações me pareceram uma experiência feita apenas pelo círculo restrito dos mais ousados, que formavam um grupo em si; mas aos poucos percebi que até tipos como Orazi, que ficavam ouvindo os relatos de longe, tinham coisas a dizer. Minha perda me parecia irremediável: eu tinha desperdiçado aquele dia de modo tedioso, sem sequer roçar o segredo da cidade, e amanhã seríamos acordados cedo, perfilados na estação para um par de apresentar armas, depois reembarcados no ônibus, e a visão de uma cidade saqueada se afastaria para sempre de meu olhar.

Biancone passou perto de mim transportando uma pilha de cobertores e me disse em voz baixa: — Bergamini, Ceretti e Glauco ficaram com o butim.

Eu já havia notado uma agitação entre os colchões, sem me dar muito conta daquilo; e agora que Biancone me avisara me lembrei de ter visto pouco antes, girando na mão daquele Bergamini, uma raquete de tênis, e de perguntar a mim mesmo de onde ela surgira. Agora não via mais a raquete, mas bem naquele momento, ao ajeitar o cobertor sobre o colchão, Glauco Rastelli deixou aparecer um par de luvas de boxe que tratou logo de ocultar.

Biancone já estava debaixo das cobertas e fumava apoiado num cotovelo. Fui me sentar no colchão dele. — Estamos num time e tanto — lhe disse.

— Ah! — fez ele —, uma autêntica gangue, bando de aproveitadores.

— A gente não era assim no quinto ano de ginásio!

— Ah, eram outros tempos! — fez Biancone.

Naquele instante um "cuco, cuco!" ressoou sibilante no dormitório; e Ceretti rolava em cima do colchão, contente por ter feito funcionar o relógio de que se apossara.

— Mas como eles vão fazer para levar tudo isso para casa? — perguntei a Biancone —, não é possível esconder um relógio de cuco debaixo do casaco!

— Vai jogar fora; o que você acha que ele faria? Só pegou para fazer barulho.

— Tomara que não o faça tocar a noite toda e nos deixe dormir em paz — completei.

— Ei, rapazes — Ceretti falou bem naquele instante —, acabei de dar corda no relógio; a partir de agora, ele vai tocar a cada meia hora.

— Jogue isso no mar, no mar! — e quatro ou cinco, já sem sapatos, se atiraram sobre o colchão, em cima dele e do relógio. Continuaram lutando até que o relógio parou de funcionar.

Apagadas as luzes, rapidamente também se apagaram as algazarras. Eu não conseguia dormir. Em um ginásio anexo ao nosso estavam acampados os marinheiros fascistas de * * *, com os quais não quisemos nos misturar, talvez porque fossem mais velhos que a gente, talvez por antigas incompatibilidades bairristas, ou quem sabe por diferença de classe, já que eles pertenciam, parece, a um tipo de proletariado portuário, enquanto a maioria de nós era de estudantes. Mesmo quando os mais exaltados dos nossos passaram, num piscar de olhos, da gritaria ao sono, os marinheiros prosseguiram na balbúrdia, se agitando e fazendo zombarias entre si. Tinham um refrão próprio, provavelmente surgido naquele mesmo dia e sabe-se lá em que circunstâncias, cheio de uma comicidade só deles, incompreensível aos demais: *O bêu!*, isto é, "Ô boi!" — acho —, que eles emitiam como um mugido, prolongando aquela vogal meio *e* meio *u*, talvez imitando um chamado de vaqueiros. Um deles, já deitado, o lançava com voz de baixo, e todos caíam na gargalhada. Por um momento parecia que finalmente tinham dormido, e eu tentava conciliar o sono, quando de repente outra voz, distante, recomeçava: — *O bêu!* Diante dos protestos e das ameaças que alguns de nós gritavam contra eles, respondiam com novas ondas de urros. Tive vontade de organizarmos um grupo e irmos trocar socos no dormitório deles; mas os mais combativos dos nossos, ou seja, Ceretti e a turma dele, dormiam como se tudo estivesse sossegado, e nós, os insones, éramos poucos e inseguros. Biancone também era um dos que dormiam.

Dividido entre o pensamento em meus companheiros que saqueavam e a irritação com aquela arruaça, eu continuava me revirando nos ásperos cobertores militares. Naquela época, uma acrimônia aristocrática moldava muitos dos meus pensamentos; e aristocrático era o modo como eu considerava e hostilizava as maneiras do fascismo. Naquela noite, para mim, o fascismo, a guerra e a vulgaridade de meus colegas de quarto eram uma coisa só, e tudo era envolvido num mesmo desgosto; e eu sentia que estava condenado a me submeter àquilo, sem saída.

Assim, no dia seguinte, eu ainda olhava ressentido aqueles marinheiros ao vê-los passar em fila pelo jardim, compridos, magros, com o passo frouxo e indiferente às ordens, enquanto o comandante Bizantini nos passava em revista, perfilados com nossas carabinas.

Aos nossos protestos pelo comportamento deles na noite anterior, Bizantini foi ainda mais enfático; apropriou--se de nossa animosidade bairrista e, por rivalidade hierárquica com os da GIL da capital, começou a dizer:

45

— Com certeza, vocês viram bem que grupelho, gente boa para mandar à \*\*\*! Isso lá é juventude? Jovens que nunca praticaram esporte: tortos que nem ganchos, tronchos, ombros desalinhados!

Exagerava, mas não estava de todo errado. Certamente não eram tipos atléticos, mas para ser sincero eu também não era, e nisso me solidarizava com eles contra os sarcasmos de Bizantini.

— Mortos de fome, estivadores, braçais! — dizia Bizantini. — Eles vêm aqui para receber aquelas poucas liras da jornada sem trabalhar... — Quanto mais ele falava, mais eu sentia esmorecer meus recentes rancores e, em seu lugar, renascer a moral em que fui educado, contrária a quem despreza os pobres e a gente que trabalha.

— Com tudo o que o regime faz pelo povo... — continuava Bizantini.

"O povo...", eu pensava. "Aqueles marinheiros eram o povo? O povo estava bem ou mal? O povo era fascista? O povo da Itália... E eu, quem era?"

— ... eles não dão a mínima para a GIL, para coisa nenhuma!

— Nem eu! Nem eu! — sussurrei a Biancone, que estava do lado.

E Bizantini: — Ah, mas o Federal percebeu, notou imediatamente que só trouxemos estudantes, todos garotos de bem, bem-postos, bem-educados...

— Merda — falei em voz baixa a Biancone —, merda.

— Ele disse que vai nos posicionar bem à vista, na frente dos espanhóis... os jovens do Caudilho.

A fila dos marinheiros se afastara; Bizantini prosseguia com seus discursos, e eu, com meus pensamentos: talvez passássemos mais um dia em Menton, e eu queria que Biancone me acompanhasse aos locais saqueados. — Assim que ele nos liberar — falei baixo —, vamos juntos. E ele, impassível mesmo em posição de descanso, deu uma piscadela para mim.

O comandante continuava vociferando sua filosofia, e agora comparava a educação dos tempos de Mussolini com a de tempos passados. — Porque vocês cresceram no clima do fascismo e não sabem o que isso significa! Por exemplo, ontem à noite, aqui em Menton, se houvesse aqueles velhos professores de antigamente, vocês não fazem ideia da tragédia que seria: meu Deus do céu, são meninos, como eles vão dormir fora de casa, não há camas, e a responsabilidade, e as famílias... Aaah! Já com o fascismo, num estalar de dedos, nenhuma dificuldade, sempre em frente, educação romana, como em Esparta: não há camas?, durmam no chão, todos soldados, diacho! À direita, volver!

Eis que o comandante se revelava pelo que era, o mais ingênuo de todos nós: diante de um bando de rapazes peludos e malandros, que não viam a hora de saquear uma cidade, ele se comovia feito uma avó com a grande aventura de nos fazer passar uma noite fora de casa! E, enquanto puxava o passo, a fileira de vanguardistas respondia aos seus "um-dois!", "um-dois!" com assovios obscenos, arrotos e peidos.

Biancone ouvira falar de uma *villa* ali perto: interessante, segundo os que tinham estado lá, mas que ele ainda não conhecia. Um pintassilgo cantava no jardim, gotas pingavam num chafariz. As folhas cinzentas de um agave estavam riscadas de nomes, cidades, regimentos, inscritos com pontas de baionetas. Andamos ao redor da *villa*, que parecia fechada; mas, numa varanda com vidraças quebradas, achamos uma porta-janela destravada. Entramos numa sala com poltronas e sofás revirados, cobertos de uma chuva de pequenos cacos; os primeiros saqueadores vasculharam a prataria nos aparadores e jogaram fora os aparelhos de louça; também arrancaram os tapetes de baixo dos móveis, que agora estavam em posições esdrúxulas, como depois de um terremoto. Passamos por quartos e corredores escuros ou luminosos, a depender de como estavam as persianas, ou se ainda existiam, e continuamos topando com objetos, postos casualmente sobre suportes ou disseminados e pisoteados no chão: cachimbos, meias, almofadas, cartas de baralho, fio de eletricidade, revistas, luminárias. Enquanto caminhava, Biancone ia indicando cada objeto, sem perder um detalhe, associando uma coisa a outra e se inclinando para pegar uma perna de taça quebrada, uma borda de tapeçaria arrancada, como se estivesse me conduzindo para ver as flores de uma serra, e depois recolocava cada coisa na posição em que a encontrara, com a mão leve e minuciosa do investigador que inspeciona o local de um crime.

Subimos aos andares superiores por uma escada de mármore suja de pegadas: os aposentos estavam repletos de véus.

Eram mosquiteiros de tule em baldaquins; devia haver um desses sobre cada cama, suspenso; mas os primeiros invasores os arrancaram e botaram abaixo. Agora todo aquele tule, com seus drapeados e adornos, cobria o pavimento, os leitos e as cômodas de um manto vaporosamente enfunado e retorcido. Biancone se deleitava com essa visão e se movimentava pelos aposentos afastando os véus com dois dedos.

Num desses quartos de dormir escutamos um alvoro-

ço: algo como um grande animal esperneava sob o cobertor de tule.
— Quem vem lá?
— Quem vem lá?
Era Duccio, um vanguardista de nossa esquadra; tinha uns treze anos de idade, a cara vermelha, e era gordo e atarracado.
— Tem tanta coisa aqui... — fez ele com a respiração curta, enquanto passava em revista uma cômoda.
Ia pegando tudo das gavetas; se não lhe servia, jogava no chão, se servia, enfiava nos bolsos do casaco: jarreteiras, meias, gravatas, escovas, toalhas, um potinho de brilhantina. De tanto meter coisas na jaqueta, criara uma corcunda quase esférica, e continuava enfiando echarpes, luvas e suspensórios sob o casaco. Estava inchado e peitudo feito um pombo, e não dava sinais de querer parar.
Já não prestávamos atenção a ele: ouvimos um rumor bem distinto, como de marteladas, ecoando no andar de cima. — O que será? — nos perguntamos.
— Nada — disse Duccio —, é Fornazza.
Seguindo o barulho, chegamos ao andar de cima, a uma espécie de banheiro, onde o vanguardista Fornazza, da mesma altura de Duccio, mas magro e de pele escura, com altos cabelos crespos, estava atacando uma cômoda antiga a golpes de martelo e chave de fenda.
— O que você está fazendo? — perguntamos.
— Preciso dessas guarnições — disse, mostrando a mão. Já havia arrancado duas.
Deixamos os companheiros entregues a seus trabalhos e continuamos percorrendo a *villa*. No sótão, passando por uma claraboia, saímos para um pequeno terraço acima dos telhados. De lá se dominava o jardim e a zona

*49*

verde do entorno, Menton e as oliveiras, e ao fundo o mar. Ali havia umas almofadas meio podres, que apoiamos contra o poste de uma antena de rádio; e nelas nos recostamos, a fumar em paz sob o sol.

O céu estava límpido, as faixas brancas das nuvens voavam sobre a antena como bandeiras retorcidas. De baixo vinham algumas vozes amplificadas pelo vazio das ruas, e nós as reconhecíamos: — Este é Ceretti, que está caçando; este é Glauco, enfurecido. Por entre as coluninhas da balaustrada, seguíamos com o olhar as aparições dos vanguardistas e dos Jovens Fascistas pela cidade: um grupo que virava num cruzamento, conversando; dois que apareciam sabe-se lá como na janela de uma casa e lançavam um assovio; e, numa fresta em direção ao mar, nossos oficiais alegres ao redor do Federal, todos saindo de um bar. O mar reverberava o sol.

— E por que não damos um mergulho?
— Vamos?
— Vamos.

Corremos para baixo, pegamos o vale e fomos para a praia. Abaixo da calçada, sobre uma faixa de areia e pedras, um grupo de pedreiros seminus comia ao sol e compartilhava uma garrafa.

Tiramos a roupa e nos espichamos na orla. Biancone tinha uma pele cândida e salpicada de pintas, eu era moreno e magro. A areia estava suja, cheia de algas em forma de espinhos, bolinhas escuras e barbas cinzentas e apodrecidas. Para evitar a ideia do banho, Biancone já via nuvens se aproximando do sol, mas eu corri para mergulhar e ele não pôde deixar de me seguir. O sol de fato foi embora, e nadar naquela água cor de peixe era um pouco triste, assim como avistar sobre nós as pedras do maciço e Menton silenciosa. No alto do cais apareceu um soldado com capacete e fuzil, gritando. Gritava em nossa direção: que ali era uma zona proibida, que voltássemos para a margem. Nadamos de volta, nos enxugamos, nos vestimos e fomos para o rancho.

Não queríamos desperdiçar o entardecer entre casas distantes e isoladas, mas aproveitá-lo em meio às moradias da cidade, onde cada terraço abria diversos mundos, cada soleira, o segredo de uma vida. As portas dos apartamentos tinham sido forçadas, e nos pisos se espalhava o material das gavetas reviradas em busca de dinheiro ou objetos preciosos; e, remexendo naquelas camadas de panos, quinquilharias e papéis, ainda era possível encontrar alguma coisa de valor. Agora nossos companheiros revistavam metodicamente cada casa, surrupiando o que restava de bom; topávamos com eles nas escadas, pelos corredores, e às vezes nos juntávamos a eles. Não se abaixavam quase nunca para vasculhar — diga-se —, como tínhamos visto Duccio fazer; quando encontravam um objeto interessante ou vistoso, o pegavam, lançando-se sobre ele com um urro antes que os outros chegassem; depois, se fosse incômodo ou se achassem algo melhor, podiam até dispensá-lo.

— E vocês? Encontraram o quê? — nos perguntavam. E eu rosnava entre os dentes: — Nada — dividido entre o desejo de ostentar minha desaprovação e um resíduo da vergonha infantil por ser diferente. Já Biancone se virava, dando grandes explicações: — Ei! Viram? Sabemos de um lugar! Sabem aquela casa ali na esquina? Isso mesmo, aquela semidestruída. Deem a volta por trás e subam a rampa. O que tem lá? Se querem saber, vão indo. — Não é que suas gozações sempre colassem, porque ele era um famoso tirador de sarro; mas, de todo modo, era reconhecido como alguém que sabia das coisas.

O entusiasmo pela caçada tomou conta de todo mundo. Quando encontrei Orazi todo risonho e excitado, e ele me fez apalpar seus bolsos, entendi que não havia ninguém que nos entendesse, a mim e a Biancone. Mas éramos dois, nos entendíamos entre nós, e esse fato nos ligaria para sempre.

— Toque aqui, toque aqui! Sabe o que é? — dizia Orazi.
— Garrafas?
— Válvulas! Philips. Vou fazer um rádio novo.
— Boa sorte!
— Boa caçada!

De casa em casa, entramos em bairros velhos e pobres. As escadas eram estreitas; os quartos, pelo estado de seus farrapos, pareciam ter sido saqueados anos e anos antes, deixados a apodrecer ao vento que vinha do mar. Os pratos de uma pia estavam sujos; as panelas, grumosas de gordura — e talvez só por isso permanecessem ali.

Entrei naquela casa com um grupo de vanguardistas. E me dei conta de que Biancone não estava entre eles. Perguntei: — Vocês viram aonde Biancone foi?

— Ah — fizeram —, por quê? Mas ele não estava com a gente.

Tínhamos nos misturado a vários bandos que de vez em quando se dividiam ou se fundiam com outros; e eu não saberia dizer em que ponto, achando que seguia o grupo em que Biancone estava, tomei outro caminho. — Biancone! — chamei na escada. — Biancone! — fiz na ponta de um corredor. Tive a impressão de ouvir vozes, não sabia de onde. Abri uma porta. Eu estava na oficina de um artesão. Havia uma bancada de carpinteiro de um lado e, no centro, uma mesa de ebanista ou de entalhador. Ainda havia lascas no chão, aparas de madeira e bitucas, como se ele tivesse largado o trabalho dois minutos antes; em cima, espalhados e aos pedaços, havia centenas de utensílios, e as centenas de trabalhos que aquele homem tinha feito: molduras, estojos, encostos de cadeira e não sei quantos cabos de guarda-chuva.

Começava a anoitecer. No meio da sala pendia uma luminária com um contrapeso em formato de pera, sem lâmpada. À luz do pôr de sol que vinha da pequena janela, eu observava uma prateleira onde estavam dispostos em fila vários bustos de marionetes de tiro ao alvo, acho, ou bonecos de um teatrinho mecânico, as cabeças de madeira entalhadas com uma veia ingênua de caricatura quase indiscernível, algumas pintadas, a maioria ainda crua. Dessas cabeças, somente poucas tiveram a mesma sorte de tudo o que estava na sala e rolaram de seus pescoços para o chão; a maior parte ainda estava lá, com os lábios arqueados num sorriso inexpressivo, os olhos redondos e arregalados; e uma até me pareceu se mover, bambeando sobre a estaca que lhe servia de pescoço, talvez agitada pelo ar da janela, talvez por minha entrada repentina.

Ou será que alguém passara ali pouco antes e tocara nela? Abri mais uma porta. Havia uma cama, um berço intacto; um armário aberto e vazio. Entrei em outro cômodo: no chão havia um mar de cartas, cartões, fotografias. Vi uma foto de noivos: ele soldado, ela loirinha. Agachei-me para ler uma carta: *Ma chérie...* Era o quarto dela. A luz era escassa, com um joelho apoiado no piso eu decifrava aquela carta e tentava, depois de ler a primeira folha, a segunda. Entrou uma tropa de Jovens Fascistas marinheiros, arfantes e espichados como cães de caça; se agruparam em torno de mim: — O que temos aqui? O que você achou? — Nada, nada — balbuciei; eles então pilharam com as mãos e os pés aquele manto de papéis e, com a mesma agitação com que chegaram, foram embora.

Eu já não conseguia enxergar o suficiente para ler. Da janela se ouvia o rumor do mar como se ele estivesse dentro das casas. Saí ao ar livre. Anoitecia. Encaminhei-me para o local da chamada. Pelo caminho encontrei companheiros que iam com os capotes deformados por corcundas, levando os objetos menos disfarçáveis envoltos em trouxas improvisadas. — E você? Pegou o quê? — indagavam.

A chamada era em um pavilhão que fora sede de um clube inglês, agora transformado em Casa do Fascismo. Nos corredores iluminados por lustres, aquilo parecia uma feira: cada um mostrava e exibia seu butim, já sem temer os superiores, e planejava as melhores maneiras de escondê--lo, para não dar na vista durante o retorno à Itália. Bergamini fazia sua raquete de tênis desaparecer na largura das calças, e Ceretti enfaixava o peito com câmaras de ar de bicicleta e por cima vestia o casaco, parecendo um Maciste. No meio deles avistei Biancone. Ele segurava umas meias de mulher e as tirava dos envelopes de celofane, para mostrá-las, desdobrando-as no ar como serpentes.

— Quantas você tem? — lhe perguntaram.
— Seis pares!
— De seda?
— Claro!
— Belo golpe! Vai dar para quem? Vão ser presentes?
— Presentes? Vou de graça às mulheres por um mês!

Aí está: Biancone também. Agora eu estava sozinho. Os outros imprecavam porque tinham passado ali de-

zenas de vezes, e só Biancone fora capaz de desencavar aquelas meias.
— As meias? — dizia ele. — E a echarpe escocesa? E o cachimbo de cerejeira? — Biancone era um ás, era o que acertava todas: no que ele punha as mãos, descobria um tesouro.
Fui me congratular com ele, e talvez estivesse sendo sincero. No fundo, fui um tolo por não pegar nada; aquilo tudo já era coisa de ninguém. Ele deu uma piscadela e me mostrou suas verdadeiras descobertas, as que ele de fato apreciava e que não deixava ninguém ver: um pingente com o retrato de Danielle Darrieux, um livro de Léon Blum e um frisador de bigodes. É isso, bastava fazer as coisas com espírito, como Biancone: eu não tinha sido capaz. O Federal também se divertia ao passar em revista o butim dos vanguardistas; apalpava as corcundas, mandava tirar os objetos mais variados. Bizantini o acompanhava e assentia sorrindo, satisfeito com a gente. Depois nos chamou, nos reuniu à sua volta sem nos colocar em fila, para nos dar as ordens. Havia uma atmosfera de festança, de excitação, todos tomados por aquele carnaval.
— A chegada dos camaradas espanhóis — disse o comandante Bizantini — está prevista para as nove e meia desta noite. Às quinze para as nove, convocação aqui para fazermos sentido e nos armar. Depois partimos, e de noite já estaremos em casa. Vocês vão ver que daremos um jeito de esconder as coisas, no ônibus ou no corpo, e ninguém nos dirá nada. Quem me garantiu foi o Federal, que está muito orgulhoso de vocês. Rapazes, não vamos nos esquecer disso, esta é uma cidade conquistada, e nós somos os vencedores. Tudo o que há aqui é nosso, e ninguém pode nos dizer nada! Agora ainda temos uma hora e quinze mi-

nutos: podem continuar circulando, sem fazer barulho, sem confusões, como fizeram até agora, e peguem o que quiserem. Só lhes digo uma coisa — e falou em voz mais alta: — o jovem que estiver aqui hoje e não levar nada é um cretino! Sim, senhor: um cretino, e eu me envergonharia de apertar a mão dele!

Um murmúrio de aplauso acompanhou essas últimas frases. E eu agora trepidava de emoção: era o único, o único dentre todos eles que não havia pilhado nada, o único que não pegaria nada, que voltaria para casa de mãos vazias! Não que eu fosse um tipo menos rápido e esperto que os outros, como até pouco antes duvidava: minha atitude era corajosa, quase heroica! Agora era eu que me exaltava, mais ainda que eles.

Bizantini seguia falando, dava suas inúteis recomendações aos vanguardistas impacientes. Eu estava perto de uma porta, na fechadura havia uma chave: uma chave de hotel num pesado chaveiro com o número e a inscrição "New Club". Tirei a chave da fechadura. Pronto: eu levaria aquela chave de recordação, uma chave do Fascismo. Deixei-a escorregar para dentro do bolso. Este seria meu butim.

Eram as últimas horas em Menton. Caminhei sozinho, na direção do mar. Estava escuro. Das casas me chegavam os gritos dos companheiros. Entrei num torvelinho triste de pensamentos. Estava me dirigindo a um banco quando vi alguém sentado nele, vestido com uniforme de marujo. Reconheci o laço amarelo e carmim dos Jovens Fascistas sob o colarinho: era um dos marinheiros de \* \* \*. Sentei; ele continuava com o queixo no peito.

— Ei — fiz, e ainda não sabia o que ia falar a ele. — Você não entra nas casas com os outros?

Ele nem sequer se virou. — Não estou nem aí — disse devagar.

— Me diga, você não pegou nada? — perguntei.

Repetiu: — Não estou nem aí.

— Mas me explique: não pega nada porque não encontra ou porque não quer?

— Não estou nem aí — fez mais uma vez; então se levantou e se afastou a passos largos, com os braços balançando entre as sombras dentadas das palmeiras. De repente se pôs a cantar, mas mais gritando que cantando, a plenos pulmões: — *Viveeeerrrr! Enquanto se é jovem...* — Estava bêbado?

Sentei-me no banco, tirei a chave do bolso e me pus a contemplá-la. Gostaria de lhe atribuir um significado simbólico. "New Club", depois Casa do Fascismo, e agora em minhas mãos: o que isso poderia dizer? Tive o desejo de que fosse uma chave importantíssima, indispensável, que aqueles lá enlouquecessem quando não a encontrassem, que não pudessem fechar uma sala contendo um inestimável butim secreto, ou documentos dos quais dependia a sorte pessoal de todos.

Levantei-me e fui para a Casa.

Havia uns poucos vanguardistas nos corredores, empacotando suas quinquilharias; os graduados contavam as carabinas e decidiam a disposição das esquadras; Biancone estava entre estes. Eu passava pelos corredores fingindo que me entediava e corria a mão por paredes e portas, assoviando como um passo de dança. Quando chegava com a mão perto de uma chave, a retirava agilmente da fechadura e a metia na jaqueta. Eram corredores cheios de portas, e quase todas tinham sua chave para fora, com o número dourado que pendia. Minha jaqueta já estava cheia delas. Eu não via mais chaves dando sopa. Ninguém se dera conta de mim. Saí.

Na entrada, encontrei outros que vinham chegando. — E aí? O que você está levando para casa? — Eu?... Nada... — Mas eles notaram um sorriso em meus lábios. — Ah, muito bem, nada... — me disseram.

Dei voltas no jardim. Devia ter comigo umas vinte chaves. Faziam um barulho de ferragens. "Agora eu também tenho minha carga", pensei. — Ei, você, o que é que está levando aí? — me interpelou alguém que passava. — Está tilintando que nem uma vaca!

Desconversei. O jardim tinha pérgolas e quiosques de trepadeiras incultas, e me enveredei por ali. Começava a me dar conta do que tinha feito. Por um motivo ou por outro, meu gesto incompreensível poderia ser descoberto a qualquer momento. E se um dos nossos oficiais ou hierarcas precisasse trancar algo em uma daquelas salas semivazias?... E se os companheiros — agora ou mais tarde, no ônibus, na Itália — me forçassem a mostrar o que eu levava na jaqueta?... Todas aquelas chaves, com os números do "New Club", só podiam ter sido roubadas da Casa do Fascismo: e com que objetivo? Como eu poderia justificar meu ato? Era claramente um gesto de escárnio, ou rebelião, ou sabotagem... O ex-"New Club" pesava às minhas costas com todas as janelas iluminadas e protegidas, das quais transpareciam apenas vagas claridades azuis. Eu era um sabotador do fascismo em terras conquistadas...

Corri em frente. Tinha avistado um espelho d'água brilhando: havia uma lagoa circundada de rochas e um canteiro, com um tubo de jato no centro, sem água. Uma a uma, tirei as chaves da jaqueta e as deixei cair na água, imergindo-as devagar para que não se ouvisse o baque.

Do fundo se erguia uma nuvem turva que apagava o reflexo da lua. Depois que a última chave afundou, vi uma sombra clara passar na água: um peixe, talvez um velho peixe-vermelho, vinha ver o que estava acontecendo. Levantei. Tinha sido um covarde? Pondo as mãos nos bolsos, senti que ainda sobrara uma chave: a primeira que eu tinha furtado e que permanecera sempre ali. De novo me sinto em perigo, e feliz. Os companheiros estavam voltando para a chamada, e eu com eles.

O trem dos espanhóis chegou uma hora depois de nos perfilarmos no largo da estação. Bizantini trovejou: — Apresentar armas! — Havia fracos lampiões embaçados sob a marquise. Os jovens falangistas se enfileiraram naquela zona de luz, e nós estávamos muito distantes, bem ao fundo do largo. Eram tipos altos e robustos; rostos — parecia — achatados, como os de um pugilista; com a boina basca vermelha enfiada até os olhos, malhas pretas arregaçadas até os cotovelos, pequenas mochilas atadas à cintura. Um vento soprava em breves rajadas repentinas, as luzes ondulavam, nós empunhávamos as carabinas com baionetas diante dos jovens do Caudilho. De vez em quando nos chegavam notas e cadências de uma marcha deles, que não pararam de cantar desde que haviam chegado; algo como: — Arò... arò... arò... — Alguns comandos truncados do pessoal deles, e se dispunham em fila, tomando distância com o braço estendido à frente; e escutávamos um vozerio, apelos indistintos: — Sebastián... Habla, Vincente... — Depois se puseram em marcha, alcançaram os ônibus que os aguardavam, subiram. Assim como haviam chegado, partiram: sem jamais nos dirigir um olhar.

Na hora de nossa partida, carregados como contrabandistas, passávamos diante de Bizantini, que nos analisava um a um para ver se não dávamos muito na vista, e dispensava cada um com uma batida rumorosa na jaqueta ou com um chute no traseiro. Também passei, empertigado e sereno em minha jaqueta vazia, com os olhos fixos em Bizantini; ele ficou sério, não disse nada, e passou a brincar com quem vinha atrás.

O ônibus tornou a percorrer a riviera; todos estávamos cansados e silenciosos. O escuro era cortado de vez em quando por faróis de colunas de carros; as casas do litoral estavam escuras, o mar, deserto, prateado e ameaçador. Havia a guerra, e todos estávamos presos a ela, e agora eu sabia que ela decidiria sobre nossas vidas. Sobre minha vida; e não sabia como.

# *AS NOITES DA UNPA**

(*) União Nacional de Proteção Antiaérea, organização instituída em 1934 pelo regime fascista. (N. T.)

Eu era um rapaz atrasado; aos dezesseis anos, pela idade que tinha, estava atrás em muitas coisas. Depois, inesperadamente, no verão de 1940, escrevi uma comédia em três atos, vivi um amor e aprendi a andar de bicicleta. Mas ainda não tinha passado uma noite fora de casa quando veio a ordem de que, durante as férias, os estudantes do nível médio deveriam prestar serviço noturno na Unpa uma vez por semana. Era preciso vigiar os edifícios escolares da cidade em caso de incursão aérea. No entanto, ainda não tinha havido incursões aéreas, e essa determinação da Unpa parecia uma formalidade como tantas outras. Para mim, era uma coisa nova e divertida; era setembro, meus colegas de escola estavam quase todos fora, veraneando ou caçando: tinham saído em junho por causa da guerra e não voltaram mais. Na cidade estávamos apenas eu e Biancone; eu, que passeava o dia inteiro num tédio mortal, e ele, que saía à noite e se divertia — parece — até se acabar. Esses turnos da Unpa eram feitos em duplas; obviamente eu e Biancone nos inscrevemos juntos; ele me guiaria por todos os lugares que conhecia; prometíamos mundos e fundos um ao outro. Fomos designados para o prédio da escola fundamental, no turno de sexta-feira à noite. Uma sala com duas camas de campanha e um telefone era nosso corpo de guarda ali na escola; nossa tarefa era estar de prontidão em caso de alarme; podíamos até fazer inspeções em ronda, ou seja, sair e circular quanto quiséssemos, mas um de cada vez, porque nos fariam chamadas de checagem. Nós naturalmente logo pensamos que, entrando em acordo com os chefes de esquadra, até poderíamos sair juntos, e que o telefone nos serviria sobretudo para passar trotes a conhecidos nas primeiras horas da manhã.

Entretanto, por mais que disséssemos a nós mesmos "Faremos isso e aquilo! Você vai ver como vamos nos divertir", e já nos dias que antecediam aquela sexta tivéssemos planejado e previsto pode-se dizer todo o possível, eu esperava daquela noite algo ainda maior, que eu nem saberia exprimir: uma revelação nova, que ainda não sabia qual era, a revelação da noite. Já para Biancone tudo parecia alegremente costumeiro e previsível, e eu fingia que seria assim também para mim; no entanto, em torno a cada plano genérico, eu sentia em minha imaginação o tempo desconhecido da noite espumar como um mar invisível.

Naquela sexta saí depois do jantar, ainda era uma noite como outra qualquer, e eu levava comigo o pijama e uma fronha, para pôr no travesseiro da cama em que dormiria. E também um jornal ilustrado, porque, entre as tantas ocupações previstas, passaríamos uma parte do tempo lendo.

A escola era um grande edifício de pedra, com o teto metálico. Elevava-se sobre a rua numa posição um tanto infeliz, e seu acesso se dava por três escadarias. Era uma obra do Regime, mas não se sentia minimamente a ostentação arquitetônica daquela época; inspirava um ar de obviedade burocrática, tal como o tépido fascismo de minha cidade buscava manter tanto quanto possível. Até o baixo-relevo do frontão, que representava como de praxe um balila e uma pequena italiana sentados, um em cada ponta, ao lado da inscrição "Escolas municipais", parecia inspirado numa sensatez pedagógica toda oitocentista.

 Era uma noite sem lua. O prédio da escola ainda refletia uma vaga claridade. Tínhamos um encontro marcado com Biancone ali, mas ele naturalmente não era pontual. Mais acima, no escuro, estavam as casas e os campos. Ouviam-se grilos e rãs. Eu já não conseguia recuperar o ardor da expectativa que me levara até lá. Agora, andando para cima e para baixo sob a fachada da escola fundamental, sozinho, com um pijama na mão, uma fronha e um jornal ilustrado, me sentia constrangido e fora de lugar.

 Eu estava ali, esperando, quando de repente uma chama se ergueu roçando minhas costas; dei um pulo: o jornal ilustrado que eu trazia debaixo do braço tinha pegado fogo; deixei-o cair no chão e, antes mesmo de me assustar, compreendi que era mais uma das brincadeiras de Biancone. Rente ao muro, ele ainda segurava o fósforo com que se aproximara de mim no escuro. Não ria. Tinha como sempre um ar oficial e irrepreensível. Falou:

 — Com licença, senhor da Unpa, por acaso o senhor notou um incêndio aqui perto?

 — Que o incêndio queime seu traseiro! — comecei a imprecar, apagando o jornal com o salto da sola. — Isso não é brincadeira que se faça!

 — Não é uma brincadeira. É uma inspeção. A vida na Unpa é perigosa, meu caro, é preciso estar pronto para tudo. Mas vi que você sabe montar guarda. Parabéns. Tchau. Agora já posso sair para meus afazeres.

Disse a ele que parasse de bancar o esperto, que precisávamos subir e nos apresentar ao corpo de guarda, deixar nossas coisas.

Mas os portões da escola estavam fechados; ao tocarmos a campainha, se ouvia apenas um trinado distante; ao bater, reboavam ecos de corredores vazios.

— Não tem ninguém aí! A zeladora foi pro campo! — disse uma voz atrás de nós, talvez alarmada com nossas batidas na porta. Demos meia-volta e avistamos um muro, e lá no alto, entre as sombras de um pé de feijão, estava a sombra de um homem; com um regador na mão, ele espalhava um líquido que, pelo cheiro, parecia esterco de latrina. Era um hortelão que aproveitava as horas noturnas para adubar suas plantas sem incomodar os vizinhos com o mau cheiro.

— Mas precisamos entrar! Somos da Unpa!

— De quê?

— Da Unpa!

Numa casinha, uma luz fraca se apagou de repente. Biancone me tocou com o cotovelo, satisfeito com essa prova de nossa autoridade. — Viu o que isso quer dizer? — me falou baixo. — Somos da Unpa.

— A zeladora está no campo porque tem medo dos alarmes — disse lá de cima o obscuro regador —, mas não está longe: se subirem por aquela estrada, vão ver lá no alto uma casa térrea. Podem chamar: "Bigìn!", e ela responde.

— Obrigado.

— De nada. E... vocês que são da Unpa: podemos manter a luz azul assim, ou é proibido?

— Sim, sim — respondemos com segurança —, é um pouco clara demais, mas pode deixar acesa.

Biancone me disse em voz baixa: — E esse fedor. Falamos para ele?
— O quê?
— Que é proibido. Atrai os aviões inimigos.
— Ora, deixe disso — e pegamos a estrada de pedra que subia para o campo.

Das casinhas esparsas transpareciam finas lâminas de luz azul e rumores abafados: vozes mais altas, tilintar de pratos, choros de criança. A noite do lado de fora era o avesso da noite em casa: nós éramos o passo desconhecido que ressoa pela rua, o assovio da canção que, quem ainda não dormiu, tenta acompanhar enquanto se afasta e se perde.

Na casa da zeladora havia uma claridade. Para estabelecer imediatamente uma relação de autoridade, Biancone gritou: — Luz! Luz! —, mas aqui a luz continuou acesa.

Então gritamos: — Bigìn! Bigìn!
— Quem é?
— A chave! Queremos a chave da escola!
— Quem são vocês?
— Somos da Unpa! A luz! Ei, e essa luz?!

Uma persiana se abriu, e a luz brilhou sem anteparos em todo o quadrado da janela, descortinando a visão colorida de uma cozinha com esmaltados e cobres pendurados na parede, e Bigìn falou: — Não me deixem agoniada! — Tinha na mão uma faca que pingava gotas vermelhas, e meio tomate. Ela fechou a persiana, o escuro voltou e ficamos meio cegados.

Bigìn veio nos encontrar sob uma pérgola baixa. Ali havia uma treliça de juncos sobre a qual ela ia pondo os tomates, para salgá-los. Era uma mulher pequena e morena, com um alto penteado à la *chignon* que lhe dava um ar

67

imponente. Ficou ali, debaixo da pérgola, e continuou salgando os tomates no escuro, com gestos seguros como se os enxergasse.

Estava desconfiada de nós, ou não tinha vontade de mover uma palha. — Mas vocês são mesmo os homens da Unpa?

— Claro, olhe: temos até o pijama — disse Biancone, como se fosse uma resposta totalmente lógica, e desembrulhou de seu pacote um par de calças listradas e coloridas, segurando-as diante de si como se quisesse demonstrar que eram mesmo do tamanho dele.

A zeladora não pareceu fazer nenhuma objeção àquela estranha apresentação de documentos. Apenas disse: — Mas por que o professor Belluomo não veio?

Belluomo era um jovem professor da escola fundamental, que justamente supervisionava essa história de turnos de guarda.

— Porque já estamos aqui. Foi ele quem nos mandou vir.

Finalmente a zeladora largou os tomates e enxugou as mãos no avental. Dissemos a ela que não se incomodasse, que só precisávamos das chaves; mas que nada!, ela queria vir e nos mostrar tudo, porque nós não conhecíamos o lugar. — Vocês têm uma lanterna?

— Não. Nós da Unpa enxergamos no escuro.

— Não importa. Eu tenho uma — e tirou do bolso do grande avental uma lanterninha à pilha, de metal, projetando um raio de luz que começou a mover diante de seus pés, como se fosse a ponta de uma bengala, antes de dar cada passo.

Assim íamos caminhando por aquela descida pavimentada de pedras, entre muretas de hortas e vinhedos, nós dois atrás da vagarosa zeladora.

— Você não me disse — falei a Biancone — que ia me fazer passar a noite no campo.

Sem dizer nada, Biancone desapareceu.

A zeladora girou a lanterna ao redor. — Onde o outro se meteu?

— E eu sei lá?

De repente, Biancone saltou de uma mureta quase em cima da zeladora. Tinha dois cachos de uva na mão. — Tome, coma — disse, jogando um para mim.

— Que bonito! — disse a zeladora. — Se o dono perceber, ele atira em vocês!

Eis que agora éramos os ladrões noturnos de fruta, aqueles que meu pai sempre ameaçava de disparar com a espingarda de sal, e que eu, em minha fantasia de menino legalista, tentava inutilmente imaginar como eram. Eis que o desatino da noite se reapresentava a mim com aquela remota imagem dos anos infantis.

— Que bonito! — repetia a zeladora.

— Olhe! Um galinheiro! — observava Biancone, dirigindo-se a mim. — Eh, o que você acha?

No céu sem lua, mal se distinguiam as sombras suaves dos morcegos. Em torno da lanterna da zeladora esvoaçavam escuras mariposas noturnas. Um sapo que atravessava a estrada parou ofuscado. — Ei, cuidado para não pisar nele! — Mas ele escapuliu entre os pés dela.

Chegamos a um ponto em que o campo terminava e embaixo se adivinhava a extensão dos telhados. "Agora ela vai montar numa vassoura e voar sobre a cidade", pensei. Mas a zeladora já nos conduzia até o portão da escola e o abria.

Sem acender as luzes, nos guiou por corredores e escadas. Ao clarão da lanterna desfilavam as portas das salas de aula, os painéis didáticos pendurados nas paredes.

A zeladora olhava ao redor com um ar apreensivo, como se temesse deixar aos nossos cuidados aqueles locais e objetos que lhe custavam tanto esforço para limpar e organizar. Fez-nos subir muitas escadas, abriu nosso alojamento e depois sumiu. Enquanto tomávamos posse do cômodo, a escutávamos arrastar os pés e resmungar pelos corredores, ora em um andar, ora em outro. — O que ela está fazendo? Vai trancar tudo à chave? Ou quer ficar aqui a noite toda montando guarda também?

De repente, já no térreo, o portão rangeu nas dobradiças e a fechadura estalou.

— Foi embora?

— E não nos deixou as chaves? Ela nos trancou aqui dentro! Que bruxa!

Fomos ver as janelas do térreo, mas as que não tinham grades eram mais elevadas em relação ao piso, não tanto que não se pudesse pular delas, mas altas o suficiente para que não se pudesse escalá-las.

Fomos ao telefone para procurar aquele tal Belluomo, que também devia ter as chaves. Ligamos para a casa dele e acordamos sua mãe, mas ele não estava; nas outras escolas, onde deviam estar outros mobilizados como nós, ninguém atendia; na GIL, na Casa do Fascismo, nada; acordamos e incomodamos meia cidade, e acabamos o encontrando por acaso em um bar; tivemos vontade de perguntar se eles nos deixariam apostar por telefone nas partidas de bilhar.

— Ah, claro, já estou indo — fez o desgraçado.

Enquanto o esperávamos, circulamos pela escola, passando pelas salas e pelo ginásio: mas não achamos nada de interessante, e não podíamos acender as luzes, porque quase não havia tapumes nas janelas. Voltamos e nos deitamos em nossas camas, lendo e fumando.

O jornal que Biancone tinha meio que chamuscado estava cheio de fotografias aéreas de cidades da Inglaterra, com bombas caindo sobre elas em cachos. Nós não sabíamos o significado daquilo e folheamos as páginas distraídos. Em seguida era reportada toda a história do rei Carol da Romênia, porque naquele dia ocorrera um golpe de Estado no país, e tinham destituído o rei. O artigo era divertido, especialmente para nós, que não estávamos habituados a ler sobre intrigas de corte e política nos jornais. Li em voz alta para Biancone. Lá estava a história da Lupescu, que comentamos entre risadas e exclamações excitadas, não tanto pela história em si, mas sobretudo por aquele nome: Lupescu, tão morbidamente ferino e cheio de sombras.

— A Lupescu! A Lupescu! — gritávamos, pulando sobre as camas de campanha.

— A Lupescu! — eu gritava pelos corredores que ecoavam, pondo a cara nas janelas e olhando o manto escuro da noite, no qual ainda não tinha conseguido me envolver.

Biancone tinha encontrado duas máscaras antigás. — Estas são para nós! —. Tentamos imediatamente ajustá-las na cabeça. Respirar era difícil, o interior das máscaras tinha um cheiro desagradável de borracha e de depósito, mas eram objetos não totalmente estranhos a nós, porque desde a infância, na escola, a praticidade das máscaras antigás e a facilidade de se defender de eventuais, ou melhor, de prováveis ataques de gases asfixiantes nos tinham sido inculcadas como verdadeiros artigos de fé. Assim, com as cabeças transformadas naquelas de enormes formigas que víamos nos microscópios, nos expressávamos em mugidos inarticulados enquanto caminhávamos meio às cegas pelos átrios da escola. Encontramos também capacetes da-

queles antigos, da guerra de 1915, umas machadinhas e lanterninhas revestidas de azul. Agora nosso equipamento de "unpistas" estava perfeito; nos armamos impecáveis e desfilamos em parada pelos corredores, ao canto de uma marcha: — Un-pá! Un-pá! —, mas que, abafado pelas máscaras antigás, soava como um confuso: — Uhá! Uhá!
— U-e-u! — mugiu Biancone, enrolando-se na cortina de uma janela com um movimento sinuoso.
— Uh! Uh! — respondi eu, erguendo a machadinha como num grito de guerra.
Biancone fez um sinal negativo. — U-e-u! —, escandiu de novo, marcando com um rebolado lascivo.
— Ah! — entendi com entusiasmo. — Lupescu! Lupescu! — e começamos a representar cenas em versão antigás da vida do rei Carol e de sua amante.
A campainha tocou. Era Belluomo. Fizemos sinais um ao outro de silêncio. Sem fazer barulho, descemos às salas do andar térreo. Belluomo continuava tocando, e agora batia na porta. Tínhamos deixado as janelas do térreo abertas, as mesmas que antes planejáramos escalar. Aparecemos em duas janelas diferentes, com a máscara antigás, o capacete, as luvas contra o gás mostarda, Biancone com uma machadinha na mão, eu com a mangueira de uma bomba. Belluomo era um jovem de baixa estatura, louro, minguado em um uniforme de chefe de grupo da GIL, com a saariana e botas de cano alto. Cansado de tocar, sem notar sinal de vida nem luzes acesas, fez menção de ir embora. Com a machadinha, Biancone deu três golpes. Belluomo se virou para aquela janela e viu uma silhueta inclinada. — Ei! — disse.
— É você, Biancone? — Permanecemos calados. Ele então acendeu sua lanterna e a apontou para o parapeito. — Oh!
— Tinha iluminado a máscara antigás e a machadinha. —

Ei, o que você tem aí? Ficou maluco? — Nesse momento, escutei um jorro de água. De outra janela descia um jato que se espalhava sobre a calçada. Era eu, que tinha acoplado a bomba a uma torneira.

A gente que passava na rua parou para olhar aquela confusão. Belluomo imediatamente apontou sua lanterna para minha janela. Fez a tempo de ver minha máscara despontar e minhas mãos enluvadas retirar a bomba e desaparecer.

Redirecionou o facho de luz para a janela de antes, mas não havia mais ninguém. Os passantes se aglomeraram em volta dele. — O que é isso? O que é isso? Gás? Gás? — Ele se irritava ao ter de explicar que devia ser uma brincadeira, tinha a impressão de perder a autoridade; de resto, nem mesmo ele entendia direito; era um tipo detalhista, sem senso de humor.

— Lá! Lá em cima! — disse um passante, apontando uma janela no terceiro andar. Tinha conseguido entrever um daqueles mudos fantasmas antigás. Belluomo tentou alcançá-lo com a luz da lanterna elétrica. Desapareceu. — Ei! Idiotas! Desçam daí! — No quarto andar apareceu um outro. — Mas o que é isso? — perguntavam os passantes. — Há gás nas escolas? — E Belluomo: — Claro que não, não é nada... — Nós continuávamos surgindo e desaparecendo naquelas janelas. — Estão fazendo manobras? — as pessoas perguntavam. — Nada, nada; dispersar, dispersar — e mandou todo mundo embora. Já tínhamos nos divertido bastante, e então paramos.

Esse tal de Belluomo não tinha um pingo de autoridade. Era um bom rapaz, é preciso reconhecer, ou de todo modo não tinha suficiente memória e vivacidade de sentimentos para ser vingativo. — Oh, mas o que vocês fizeram?

São imbecis? Isso só pode ser coisa de imbecis — começou a nos censurar com sua cantilena monótona, seus insultos arrastados, mas já se notava que o pouco de animação que havia nele ia rapidamente desmontando, porque tudo tendia a minimizar-se e reduzir-se em sua cabeça. Aquele nosso espetacular deboche de sua autoridade e de nossos deveres foi completamente desperdiçado com ele: éramos tratados com o tom habitual de fastio do professor que não sabe manter a disciplina. Então, depois de umas reprimendas queixosas, passou a nos fazer a entrega do material, que de resto já havíamos testado por nossa conta, e a nos explicar nossas tarefas. Conduziu-nos aos sótãos e nos mostrou as caixas de areia a serem espalhadas a fim de neutralizar os artefatos incendiários.

Ele estava mais seguro de si e parecia ter recobrado a consciência de sua autoridade. Entregou-nos a chave, recomendando que não deixássemos o prédio sem vigilância por nenhum motivo.

— Sim senhor, sim senhor, assim faremos... Agora vamos sair juntos à caça de mulheres — lhe disse Biancone, com seu ar irrepreensível.

Belluomo abriu a boca, franziu o cenho, deu de ombros e foi embora resmungando. Voltara a ser taciturno e infeliz.

Saímos logo em seguida. Já passava da meia-noite. Persistia aquela mornidão escura, sem estrelas e sem vento. Quase ninguém passava nas ruas. Na praça, sob o semáforo que piscava, estava a sombra de um homem baixote, com a ponta do cigarro acesa. Biancone o reconheceu pela postura, com as mãos no bolso e as pernas alargadas. Era um amigo dele, Palladiani, um grande notívago. Biancone assoviou um trecho de canção que devia ter um significado especial para eles; o outro se pôs a cantarolar em seguida, como numa repentina explosão de alegria. Aproximamo-nos. Biancone queria filar um cigarro dele, mas Palladiani disse que os seus tinham acabado e conseguiu até filar um de Biancone. À luz do fósforo pude ver seu rosto pálido, de jovem envelhecido.

Falou que estava esperando uma tal de Ketty, bem conhecida de Biancone, que tinha ido a uma festa numa *villa* e agora devia estar voltando. — A menos que não fique por lá — disse, rindo de repente e aludindo a uma melodia de foxtrote. Também contou sobre como, ao ver uma certa Lori com uma certa Rosella, lhes dissera uma frase alusiva que eu não entendi, mas que Biancone pareceu apreciar muitíssimo. Depois nos perguntou: — E já estão sabendo dos novos truques para aplicar no blecaute? — Não — respondemos, e ele nos explicou. Ficamos animados e logo quisemos colocá-los em prática. Mas Palladiani, que tinha marcado uns compromissos misteriosos, se despediu de nós e se afastou cantarolando.

Os truques de blecaute eram como este, por exemplo: uma dupla caminhava bem depressa, com os cigarros acesos; os dois viam se aproximar na mesma calçada um passante solitário, vindo na direção oposta; então, continuando a caminhar lado a lado, erguíamos um a mão direita, e o outro a esquerda, espichando os cigarros acesos à altura de nossas cabeças; o passante via os dois pontinhos dos cigarros afastados e achava que podia passar pelo meio, mas de repente topava com o caminho bloqueado por duas pessoas e ficava ali, feito um bobo. E também era possível fazer o inverso: caminhar afastados, nas duas bordas da calçada, e manter os cigarros próximos, no meio de nós; achando que vínhamos pelo meio da calçada, o passante se punha de um dos lados e assim trombava com um de nós, balbuciando: — Oh, me desculpe! —, e imediatamente ia para o lado oposto, onde dava de cara com o segundo.

Passamos uns quinze minutos agradáveis nessas brincadeiras, sempre que encontrávamos os passantes adequados. Alguns, desorientados, pediam desculpas; outros nos lançavam impropérios ou ameaçavam partir para a briga, mas nós escapulíamos depressa. Todas as vezes eu me preocupava, imaginando em cada passante que avançava um misterioso personagem noturno, tipos com canivetes, bêbados perigosos. No entanto, eram quase sempre profissionais que sofriam de insônia e iam passear com seus cães, ou jogadores inveterados e pálidos que voltavam para casa, ou operários do gasômetro que faziam o turno da noite. Por pouco não pregamos a peça em dois policiais, que nos olharam feio. — Está tudo em ordem na vizinhança? — Biancone perguntou a eles, atrevido, enquanto eu o puxava por uma manga.

— O quê? O que vocês querem? — responderam os policiais.

— Somos da Unpa, estamos de serviço — disse-lhes Biancone —; só queria saber se está tudo em ordem.

— Ahn? Sim, sim, tudo em ordem. — Não muito convencidos, nos fizeram uma saudação e seguiram adiante.

Também queríamos topar com mulheres solitárias, mas não havia nenhuma, exceto uma prostituta madura com quem a brincadeira não deu certo, porque ela tendia não a evitar o choque, mas a provocá-lo. Acendemos um fósforo para examiná-la e logo o apagamos. Depois de uma rapidíssima conversa, a deixamos de lado.

Mais que nas ruas largas, essas brincadeiras funcionavam melhor em vias estreitas e escuras, com degraus, especialmente nas que descem da cidade velha. Mas ali a brincadeira já era a própria sombra, o desenho das arcadas e das grades, o aperto das casas desconhecidas, a própria noite, e paramos de agitar nossos cigarros.

Pela conversa com Palladiani, eu já havia entendido que Biancone não era afinal de contas o grande conhecedor da vida noturna que eu supunha. Tinha sempre certa pressa em dizer: — Sim... isso... não, ela mesma! —, a cada nome que Palladiani citava, querendo se mostrar a par do assunto; e no geral ele certamente estava, mas seu conhecimento devia ser superficial e lacunar se comparado à perfeita segurança que Palladiani demonstrava. Aliás, experimentei um certo lamento ao ver Palladiani indo embora, pensei que ele, e apenas ele, não Biancone, poderia me introduzir no coração daquele mundo. Agora eu perscrutava cada movimento de Biancone com um olhar crítico, esperando reconfirmar minha antiga confiança ou perdê-la de todo.

O fato é que eu me sentia decepcionado com o nosso passeio noturno. Ou, seja como for, provava uma impressão oposta à esperada. Caminhávamos por uma rua estreita e pobre; não passava ninguém; nas casas todas as luzes estavam apagadas; no entanto nos sentíamos em meio a muita gente. As janelas esparsas em desordem pelas escuras paredes estavam abertas ou semicerradas, e de cada uma saía uma respiração abafada ou às vezes um ronco profundo; e o tique-taque dos despertadores; e o gotejar das torneiras. Estávamos na rua, e os rumores eram rumores de casa, de cem casas apinhadas; e até o ar sem vento tinha aquela gravidade que o sono humano faz pesar nos cômodos.

A presença de estranhos adormecidos suscita nos ânimos honestos um respeito natural, e nós, nosso malgrado, nos sentíamos intimidados; o acorde entrecortado e irregular dos respiros, o tiquetaquear dos relógios e a pobreza das casas davam a impressão de um repouso precário, penoso; e os sinais da guerra que se viam ao redor: luzes azuis, paus para escorar os muros, amontoados de "sacos de areia", as setas indicando os abrigos e até nossa própria presença pareciam ameaças àquele sono de gente cansada. Então abaixamos o tom de voz e, sem perceber, abdicamos de nossa mentalidade barulhenta, de rebeldes às regras, de violentos contra qualquer respeito humano. O sentimento que agora nos dominava era uma espécie de cumplicidade com as pessoas desconhecidas que dormiam atrás daqueles muros, a impressão de descobrir algum segredo recôndito, e de saber respeitá-lo.

A estrada terminava numa escada com corrimãos de ferro, e embaixo, num vacilante brilho lunar, estava uma praça vazia, com bancos e cavaletes de feira empilhados. Tudo em volta era o anfiteatro das velhas casas, inchadas de sono e respiração.

De uma rua que descia para a praça ressoaram passos e cantos: era um coro grosseiro, feito de vozes sem harmonia e sem calor; e um pisotear de botas. Veio descendo uma esquadra da milícia, gente de meia-idade, um atrás do outro, e mais outros num grupo que os alcançava correndo, de camisa negra, ensacados no rude uniforme verde-cinza, com espingardas e alforjes balançantes. Entoavam um refrão vulgar, mas com certa hesitação e timidez, como se estivessem se esforçando, agora que a noite os liberara de toda aparência de disciplina, em ostentar sua natureza de soldados ocasionais, inimigos de todos e acima de qualquer lei.

Sua irrupção naquele local trouxe um vento de violência; minha pele se encrespou como se eu tivesse de repente caído em meio a uma guerra civil, uma guerra cuja chama durara desde sempre nas cinzas e que de tanto em tanto erguia uma língua de fogo.

— Olhe que bando! — disse Biancone, e, parados no corrimão, os observávamos afastar-se na praça vazia, que ecoava seus passos.

— De onde é que eles vêm, de onde é que eles vêm? O que há ali em cima? — perguntei, certo de que tinham saído de algum bordel, quando talvez fosse apenas uma esquadra que voltava de seu turno em algum corpo de guarda inútil na montanha, ou de alguma marcha de manobra.

— Ali em cima? Ah, sim, deve ser... — fez Biancone, traindo mais uma vez sua competência limitada. — Mas venha comigo, já sei aonde vou levá-lo!

A aparição dos milicianos tinha rompido aquela atmosfera de paz que pairava sobre nós: agora estávamos tensos, excitados, com uma necessidade de ação, de imprevisto.

Descemos pela escada até a praça.

— Aonde vamos? — perguntei.

— Ah! Para a Lupescu! — fez ele.

— A Lupescu! — gritei, e me pus de lado porque vinha subindo a escada um homem curvo, com uma cabeça grisalha quase raspada, em mangas de camisa, que subia apoiando a grande mão nodosa no corrimão. Sem olhar para nós, o homem continuou a subir e disse, com voz forte de barítono: — Trabalhadores...

Biancone já estava esbravejando uma resposta — que não havia motivo para gozação, que a nosso modo nós também trabalhávamos —, quando o velho, que já tinha

chegado ao topo da escada, acrescentou, sempre forte, mas em tom mais baixo: — ...uni-vos!
Eu e Biancone paramos.
— Você ouviu?
— Ouvi...
— Será um comunista?
— "Trabalhadores, uni-vos!". Só pode ser um comunista, escutou?
— Mas não parecia que era um bêbado?
— Que nada: caminhava reto. É um comunista! A cidade velha está cheia deles.
— Vamos falar com o homem!
— Sim, vamos até ele!
Demos meia-volta e fomos correndo escada acima.
— E o que vamos dizer a ele?
— Primeiro vamos deixar claro que ele pode se abrir com a gente... Depois pedimos que nos explique aquela frase...

Mas o homem não estava mais lá; dali partiam várias ruelas; corremos de uma a outra, ao acaso; tinha desaparecido; não dava para entender onde se metera em tão pouco tempo; mas não o encontramos mais.

Estávamos cheios de curiosidade e ansiosos: ansiosos por arrancar os freios, por fazer coisas novas e proibidas. Mas a imagem que expressava mais facilmente esse impreciso desejo era a do sexo, e assim nos dirigimos para a casa de uma tal de Meri-meri.

Essa Meri-meri morava numa casa baixa, com estábulos de carroceiros no pátio, situada na margem entre o denso amontoado de casas da cidade velha e as hortas da zona rural. A estrada de pedras partia de uma arcada escura e, depois da casa de Meri-meri, prosseguia ladeada por uma rede metálica, além da qual uma avalanche de lixo desmoronava por um declive inculto.

Entrei com Biancone na casa, da qual uma janela deixava escapar uma luz atrás de uma espessa cortina; Biancone assoviou duas vezes e então chamou: — Meri-meri!

A cortina se ergueu, e na janela surgiu a brancura de uma mulher, um rosto comprido — parecia — circundado de cabelos escuros, e os ombros, e os braços. — O que é? Quem são vocês?

— A Lupescu! — falei baixinho a Biancone. — Diga, aquela ali não é a Lupescu?

Biancone tentava ficar sob a luz de um fraco lampião. — Sou eu, está me reconhecendo? Claro que sim, estive aqui semana passada! Estou com um amigo. Podemos entrar?

— Não, não posso — e tornou a baixar a cortina.

Biancone assoviou de novo e chamou. — Meri-meri! Ó Meri-meri! — E começou a esmurrar a porta. — Você tem que abrir, ora! Por que não pode?

A mulher apareceu de novo. Agora estava com um cigarro na boca. — Não estou sozinha. Voltem daqui a uma hora. — Ficamos um tempo à espreita, até de fato confirmarmos que um homem devia estar em seu quarto.

Voltamos a circular. Agora estávamos numa rua que passava entre os bairros velhos e novos, onde as casas antigas e estreitas exibiam uma duvidosa pintura urbana e moderna.

— Esta é uma rua boa — dizia Biancone. Uma sombra veio ao nosso encontro: era um homenzinho calvo, de sandálias, vestindo calças e camisa regata apesar de não fazer calor naquela hora, e com um cachecol escuro e apertado no pescoço.

— Digam aí, rapazes — falou em surdina, arregalando dois olhos redondos emoldurados em bastas sobrancelhas pretas —, estão em busca de amor? Querem ir com Pierina? Hein? Se quiserem, posso lhes dar o endereço...
— Não, não — dissemos —, já temos um encontro.
— Pierina é bonita, sabiam? Hein? — o homenzinho nos soprava na cara, com aqueles seus olhos lunáticos.

Mas tínhamos visto outro personagem avançar no meio da rua, uma garota manca, não bonita, com uma dessas blusas "niki" e cabelos cortados curtos. Parara a alguma distância de nós. Deixamos o homenzinho calvo e nos aproximamos dela. Ela ergueu uma mão com um pedaço de papel. — Quem é o senhor Biancone? — perguntou com um fio de voz. Biancone pegou o bilhete. À luz de um lampião, lemos o que estava escrito numa clara caligrafia, um tanto escolar: "Conhece o prazer do amor? — *Vito Palladiani*".

O sentido da mensagem e a maneira como fora entregue eram misteriosos, mas o estilo de Palladiani era inconfundível.

— Onde Palladiani está? — perguntamos à garota.

Ela deu um sorriso torto. — Venham comigo.

Entrou por um portão escuro, e subimos uma escada íngreme e estreita, sem patamares. Bateu numa porta com um sinal combinado. A porta se abriu. Havia uma sala com tapeçaria floral, uma velha maquiada sentada numa poltrona, e um gramofone em um canto. A garota manca abriu a porta e passamos para outra sala, esta cheia de gente e de fumaça. Estavam ao redor de uma mesa de carteado. Ninguém se virou para nós. A sala estava totalmente fechada, a fumaça era tão espessa que quase não se enxergava, e o calor era tanto que todos suavam. No círculo de pessoas em pé que olhavam outros jogarem havia também mulheres, não bonitas nem jovens; uma estava de sutiã e anágua. Nesse meio-tempo, a garota manca nos fez entrar numa espécie de saleta japonesa.

— Mas onde Palladiani está? — perguntamos.

— Está vindo — respondeu ela, e nos deixou ali.

Estávamos estudando o local quando Palladiani apareceu muito apressado, com um monte de lençóis amassados entre os braços. — Meus queridos, meus queridos, tudo bem? — disse todo alegre, como sempre. Estava em mangas de camisa e com uma gravata-borboleta, de cores vivas, que eu tinha certeza de que ele não usava quando o encontramos na rua.

— Vocês viram Dolores? Como? Não conhecem Dolores? Ha, ha! — e foi embora com aquela braçada de lençóis.

— Mas que tipo de trabalho esse Palladiani faz? — indaguei a Biancone. — Por acaso alguém sabe?

Biancone deu de ombros.

Uma mulher entrou, um tipo ainda vistoso, com um rosto cansado e maquiado. — Ah, a senhora é a Dolores? — perguntou Biancone.

— Coisa nenhuma! — respondeu ela, saindo por outra porta.

— Bem, vamos aguardar.

Dali a pouco Palladiani voltou. Sentou-se entre nós no sofá, nos ofereceu cigarro, bateu a mão em nossos joelhos.

— Ah, ah, meus caros, Dolores, vocês vão se divertir!

— E quanto custa? — perguntou Biancone, sem se deixar influenciar por aquele entusiasmo.

— Ora, quanto vocês deram à senhora na entrada? Sim, quando entraram… Como, nada? Aqui se paga antecipado, para aquela senhora… — e dava de ombros e abria os braços como se explicasse: "Aqui é assim, o que vocês querem?".

— Mas quanto?

Torcendo um pouco a boca, Palladiani disse um valor.

— Em um envelope, conselho meu, é mais fino, sim...

— Então — fez Biancone — vamos logo, vamos logo pagar...

— Não — ele disse a Biancone —, agora não importa, paguem depois...

— Ah, é melhor agora — disse Biancone, e já me fazia atravessar a sala dos jogadores e depois a antecâmara, me empurrando pelas escadas.

— Está maluco! — dizia, enquanto corríamos para baixo. — Vamos embora daqui, rápido! Com Meri-meri pagamos a metade.

Na rua, voltamos a topar com o homenzinho de camisa regata.

— Ei, vocês estiveram com Pierina? — nos indagou.

— Disseram a ela: fique de joelhos?

— Não, não estivemos com ela — respondemos sem nos deter.

Mas ele vinha trotando atrás de nós, pondo-se à nossa frente com aqueles olhos redondos e brilhantes: — Fique de joelhos! É assim que se diz: Fique de joelhos! E aí Pierina se ajoelha...

Voltamos para Meri-meri. Dessa vez, aos nossos chamados, ela desceu e entreabriu a porta. Pude vê-la bem: era alta, magra e equina, com seios ovais; não nos encarava, mantinha fixos diante de si os olhos semicerrados sob um tufo de cabelos crespos.

— Vamos, nos deixe entrar — lhe dizia Biancone.

— Não, já é tarde, vou dormir.

— Vamos lá, ficamos esperando a noite toda por você.
— E daí? Agora estou cansada.
— A gente fica só cinco minutos, Meri-meri.
— Não, vocês são dois; não deixo os dois entrar ao mesmo tempo...
— Só cinco minutos os dois...
— Então... — fiz eu — posso esperar... Ahn? Eu espero aqui fora...
— Bem — fez Biancone —, subo eu e depois ele, tudo bem? — E a mim: — Me espere quinze minutos: eu desço e depois você entra —. Impeliu-a para dentro da casa e entrou.

Eu peguei a estrada em direção ao mar. Atravessei a cidade. Pela avenida principal passava uma coluna de veículos militares. Bem naquele momento eles pararam. Na luz leitosa dos faróis era possível ver os militares descerem e espreguiçarem braços e pernas, observando ao redor, com olhos sonolentos, a cidade escura e desconhecida.

Logo veio a ordem de partir. Os condutores retornaram ao volante, os outros subiram e desapareceram na escuridão do comboio. Roncando em seus motores, a coluna semivisível aos olhos cegados pela alternância de luz e breu passou e desapareceu como se nunca tivesse existido.

Cheguei ao porto. O mar não brilhava, só se sentia seu marulho contra a amurada musgosa do cais, seu cheiro antigo. Uma onda lenta trabalhava entre os escolhos. Em frente à prisão, os carcereiros caminhavam. Sentei no píer, em um ponto protegido do vento. Diante de mim estava a cidade com suas luzes incertas. Eu estava sonolento e desconsolado. A noite me rejeitava, e eu não esperava nada do dia. O que deveria fazer? Quis me perder na noite, dedicar-me de corpo e alma a ela, à sua escuridão, à sua revolta, mas compreendi que o que me atraía nela era apenas uma surda e desesperada negação do dia. Agora nem a Lupescu do beco me interessava mais: era uma mulher peluda e ossuda, e sua casa fedia. Quis que daquelas casas, daqueles telhados, daquela silenciosa prisão, algo que fermentava na noite se erguesse, despertasse, abrindo um dia diferente. "Somente os grandes dias", pensei, "podem ter grandes noites."

Uma turma de pescadores vinha aos barcos amarrados no cais, carregando remos e redes. Falavam em voz alta naquele silêncio. Quando amanhecesse, já deveriam estar ao largo. Arrumaram os barcos, partiram, sumiram na água escura, e ainda se ouviam suas vozes no meio do mar.

O sentido daquele despertar no escuro, daquela esquálida partida, daquele remar no ar frio de antes da aurora redobrou em mim o peso nos olhos e os calafrios. Alarguei os braços num trêmulo bocejo. Naquele instante, como se saísse de meu peito, ouviu-se o estridor da sirene. Era o alarme.

Então me lembrei da escola que deixáramos desprotegida e corri para a cidade. Eram tempos em que nós ainda não sabíamos o que era o terror; ao passar pelas ruas, mal se notavam os sinais do súbito despertar geral: vozes nas casas, luzes de abajur se acendendo e logo se apagando, e pessoas semivestidas nas entradas dos abrigos, olhando para o céu.

Cheguei à escola — eu tinha a chave —, entrei, fiz uma ronda pelas salas de aula abrindo as vidraças, como me haviam ensinado. Ao abrir uma janela, escutei o ronco: filho e soberano daquele absurdo mundo noturno, o aeroplano carregado de bombas atravessava o ar. Eu tentava alcançá-lo com a vista, e mais ainda tentava imaginar o homem lá em cima, sentado em sua cabine, em meio ao vazio, decifrando sua rota. Passou; o céu ficou deserto e silencioso de novo. Voltei ao nosso quarto e me sentei na cama. Folheando o jornal, passaram sob meus olhos as cidades inglesas devastadas, iluminadas pelos projéteis traçantes. Tirei a roupa e me deitei. A sirene tocava; o alarme terminara. Biancone chegou pouco depois. Estava fresco, bem penteado, falante, como se a noite começasse agora. Me disse como o alarme estragou seu ato bem no melhor momento, e descreveu cenas improváveis de mulheres seminuas que escapavam para o abrigo. Ele sentado na caminha, eu deitado, continuamos conversando por um tempo, fumando. Por fim, ele também se deitou; nos desejamos bom-dia e sonhos felizes; estava amanhecendo.

Mas agora eu não conseguia dormir e me revirava na cama. A essa hora meu pai já havia levantado, afivelado as perneiras ofegante e vestido a jaqueta cheia de utensílios. Parecia até que eu o escutava se movendo pela casa ainda adormecida e escura, acordando o cachorro e acalmando seus latidos, conversando com ele. Esquentava o café da manhã no fogão a gás, o preparava para o cão e para si; comiam juntos na cozinha fria; depois carregava uma cesta a tiracolo, outra na mão, e saía a passos largos, a barba branca e caprina envolta no cachecol. Pelos caminhos do campo, seu passo firme, acompanhado pelo chacoalhar do cachorro, e seu contínuo tossir e escarrar eram como o sinal da hora, e quem morava ao longo da estrada, ao ouvi-lo no meio do sono, entendia que era tempo de se levantar. Chegava com o primeiro sol à propriedade, era o despertador dos camponeses, e antes que eles começassem a trabalhar ele já havia repassado faixa por faixa, e visto o trabalho feito e ainda por fazer, e começava a gritar e a imprecar, enchendo o vale com sua voz. Quanto mais avançava na velhice, mais sua polêmica com o mundo se concretizava naquele acordar cedo e ser o primeiro de pé em todo o campo, naquela perpétua acusação dirigida a todos: filhos, amigos, inimigos — um bando de preguiçosos inúteis. E talvez seus únicos momentos felizes fossem esses do alvorecer, quando passava com seu cachorro pelas estradas conhecidas, liberando os brônquios do catarro que o oprimia à noite e observando bem devagar, brotando do cinza indistinto, as cores a surgir nas fileiras das vinhas, entre os galhos das oliveiras, e reconhecendo o assovio dos pássaros madrugadores, um a um.

Assim, seguindo em pensamento os passos de meu pai pelos campos, adormeci; e ele nunca soube que me teve tão perto de si.

ESTA OBRA FOI COMPOSTA PELA SPRESS EM GARAMOND E IMPRESSA EM OFSETE
PELA GEOGRÁFICA SOBRE PAPEL PÓLEN BOLD DA SUZANO S.A.
PARA A EDITORA SCHWARCZ EM ABRIL DE 2023

A marca FSC® é a garantia de que a madeira utilizada na fabricação do papel deste livro provém de florestas que foram gerenciadas de maneira ambientalmente correta, socialmente justa e economicamente viável, além de outras fontes de origem controlada.